特攻隊員と大刀洗飛行場

四人の証言

安部龍太郎
Abe Ryutaro

PHP新書

はじめに

福岡市から南東へ約三十キロメートルの地にある大刀洗《たちあらい》飛行場は、大正八年（一九一九）十月に完成した陸軍の飛行場である。広さ四十六万坪にもおよぶ広大な敷地に、長さ五百メートル、幅二百メートルの滑走場（草原）が二本あった。

陸軍がこの地を選んだのは、中国大陸への中継基地が必要だったことや、敵の艦砲射撃の射程に入らない内陸部にあること、広大な敷地があって周囲に障害物がないことなどの条件に合致していたからである。

初めは航空第四中隊の基地とされ、偵察機十八機しか配備されていなかったが、大正十四年（一九二五）四月には飛行第四連隊に昇格し、定員千五百名を擁《よう》する日本最大の航空部隊の基地になった。

昭和五年（一九三〇）には昭和天皇の弟である秩父宮《ちちぶのみや》が第四連隊に入隊しており、陸軍ばかりか、日本国民が航空部隊に強い期待を寄せていたことが分かる。

昭和六年（一九三一）に満州事変が勃発《ぼっぱつ》すると、大刀洗飛行場の戦略的重要性はますます高まっていく。そこで昭和十二年（一九三七）一月に西部防衛司令部が設置され、大刀洗には偵察四箇中隊（三十六機）、戦闘三箇中隊（二十七機）が配された。

それと共に飛行機の生産や整備態勢を強化するために、同年十二月には渡辺鉄工所（九州飛行機の前身）の一部を分離し、太刀洗製作所が飛行場の近くに設立された。

飛行機の重要性が増し、使用する機数や機種が多くなると、パイロットや通信士、整備士も必要になってくる。

そこで昭和十四年（一九三九）十二月には日本最大の航空教育隊である第五航空教育隊が設置され、常時四千人以上を教育することになった。

また昭和十五年（一九四〇）十月には大刀洗陸軍飛行学校を開校、太平洋戦争が始まって一年四カ月後の昭和十八年（一九四三）四月には、技能者養成所を開所した。

ところが、すでにこの頃から戦況は悪化の一途をたどり、飛行学校や養成所での教育期

大刀洗飛行場

大刀洗飛行場格納庫と偵察機

間を短縮し、国民学校を卒業した十五歳の少年たちを速成して戦場に送り込むようになった。

本書で紹介する信国常実《のぶくにつねみ》氏や河野《こうの》孝弘氏はそのようにして整備士になり、末吉《すえよし》初男氏は飛行兵となって特攻出撃を余儀なくされた。

特攻隊が編成され始めたのは、昭和二十年（一九四五）一月以降のことだ。教育機関の統廃合、教育飛行部隊の縮小にともない、教育にあたっていた教官や助教ら、熟練操縦士をもって誠第三六、三七、三八飛行隊（特攻隊）が編成された。

また、大刀洗陸軍飛行学校は昭和二十年二月に廃止され、佐賀県の目達原《めたばる》、熊本県の玉名《たまな》、鹿児島県の知覧《ちらん》などの分教所は、特攻隊員の訓練の場になった。

大刀洗飛行場もまた、戦禍を逃れることはできなかった。この年の三月、アメリカ軍による空襲があり、壊滅的な被害を受けるのである。

今回取材をさせていただいた四人は皆、この大刀洗飛行場に関わった方々である。当時、若者であった彼らは、陸軍という組織にあって、決して上層部にいたわけではない。それだからこそ、見えてくるものがあるのではないだろうか。

大刀洗飛行場や九州飛行機は、私が学んだ久留米《くるめ》高専とも密接な関係があった。高専の前身である久留米高等工業高校は、昭和十四年に工業技術者の養成を目的として設立された。

そして昭和十九年（一九四四）四月に久留米工業専門学校と改称されたが、当時の機械科の学生百六十名は、全員九州飛行機に学徒動員させられた。

インタビューに応じてくれた松隈嵩《まつくまたかし》氏は私の二十七年上の先輩で、前翼《エンテ》型戦闘機「震電《しんでん》」の開発を間近で目撃している。

そうしたご縁も本書に取り組む動機になったし、やがて大刀洗飛行場を舞台にした『不死鳥の翼』という小説を書くためにも、今のうちに取材の成果を形にしておきたかった。

本書の上梓《じょうし》に当たって、飛行第四戦隊の木村定光少尉の愛機「屠龍丙型《とりゅうへいがた》」の写真を掲載することを許可していただいた。

機体にB29の撃墜マーク八個をつけたこの写真を、大刀洗平和記念館二階の展示場で見た時、私は驚きのあまり茫然と立ちつくした。

これまで高度一万メートルを飛ぶB29には、日本の戦闘機は太刀打ちできなかったと聞いていたし、自分でもそう思い込んでいたが、八個の撃墜マークが長年の迷妄《めいもう》を鮮やかに打ちくだいてくれた。

そこで何としてでも使わせていただきたいと大刀洗平和記念館にお願いし、多くの方々のご尽力のお陰で本書の帯にかかげることができた。

この写真は『麦と兵隊』などの作品で知られる火野葦平《あしへい》が撮影したものと伝えられ、彼の記念館である「河伯洞《かはくどう》」に長らく保存されてきた。

それを火野葦平の三男である故玉井史太郎《ふみたろう》氏の許諾を得て、大刀洗平和記念館での展示が実現したのである。

日本で初めて公開された貴重な一枚をこうして使わせていただき、多くの方々に見てもらえるのは望外の幸せであり、感謝に堪《た》えない。

取材に応じて下さった方々の思いをどこまで表現することができたか心許《こころもと》ないが、ご一読いただき、ご意見、ご感想を寄せていただければ幸いである。

特攻隊員と大刀洗飛行場——四人の証言　目次

はじめに 3

序章 大刀《たち》洗《あらい》飛行場を訪ねて 13

第一章 松隈《まつくま》嵩《たかし》氏への取材――技術者たちの苦闘 41

序章　大刀《たち》洗《あらい》飛行場を訪ねて

博多湾から引き上げられた九七式戦闘機

初めて大刀洗《たちあらい》平和記念館を訪ねたのは、平成二十六年（二〇一四）十月二十七日だった。

その前日、私は朝倉ライオンズクラブに招かれ、ピーポート甘木《あまぎ》でチャリティー講演をした。

朝倉高校、朝倉東高校、朝倉光陽高校の生徒四百五十人を前に、「夢をあきらめないで」というタイトルで作家になるまでの体験を語った。

夢を実現するためには三つの手順が必要である。

一つは、実現するまでの計画を綿密に立てること。

一つは、実現に向けて不断の努力をつづけること。

一つは、実現するまでの時間に耐え抜くこと。

そうした体験を話すことで、これから人生の荒波に乗り出していく若者たちに少しでも参考になればと、不器用ながら懸命に話をさせてもらった。

その夜は朝倉市内の旅館に泊まり、翌朝秋月《あきづき》城を訪ねた。紅葉に包まれた城下の一角から、剣道の朝稽古をする気合のこもった声が聞こえてきた。さすがは平安時代から続く武家の名門秋月氏の本拠地だった所だと感動し、許可を得てしばらく稽古を見学させてもらった。

その後城内を散策したが、帰りの飛行機までにはまだ時間がある。どうしたものかと考えていると、ふと久留米高専時代の友人が大刀洗平和記念館について話していたことを思い出した。

「知っとーや。あそこはくさ、戦前に陸軍の飛行場があったとぜ。そこの飛行機ば作りよった会社で、俺の親父《おやじ》は働きよったとたい」

懐かしい友の声に導かれるように平和記念館へ向かった。

西鉄甘木駅の近くから甘木鉄道に乗り、二つ目の太刀洗駅で下りる。すると目の前にかまぼこ型の格納庫のような記念館があった。

玄関の正面に受付があり、展示場の中央には四百人ちかくの遺影をかかげてあった。戦闘や空襲で亡くなった方々で、写真の下には経歴や年齢が記してある。

大刀洗平和記念館内の遺影

前日に講演を聞いてくれた高校生と同年代の方も多い。あどけなさの残る写真をながめ、夢に向かって歩くことさえ許されないまま命を断たれたことを思えば、足を止めて亡くなったいきさつを確かめずにはいられなかった。

照明を落とした展示場の一角には、陸軍の九七式《きゅうななしき》戦闘機（九七戦）が置かれていた。博多湾に沈んでいた機体を引き上げて修復したもので、実戦に使われた九七戦が残っているのは、世界中でここだけだという。

機体が持つ風格と美しさに心を打たれたが、その頃の私には九七戦と零戦《れいせん》のちがいさえ分からなかった。

さらにぐるりと館内を回ると、緑色の機体に日の丸を描いた零戦が展示してあり、操縦席を見ることがで

大刀洗平和記念館に展示されている、修復された九七式戦闘機

きた。

ちなみに九七戦は陸軍の、零戦は海軍の主力戦闘機で、日本が世界に誇る技術の結晶なのである。

零戦の横には変わった形の戦闘機の模型があった。

アメリカの爆撃機B29に対抗するために、終戦直前に開発が進められた震電《しんでん》である。

太平洋戦争の終盤、B29は高度一万メートルを飛行して、日本の主要都市に焼夷弾《しょういだん》の雨を降らせたが、九七戦や零戦の次世代機・紫電改《しでんかい》は高度六千メートルほどまでしか飛べず、これに対抗することはできなかった。

飛べない原因は二つ。

一つは操縦席に気圧と温度を保つ設備がないので、〇・二気圧、零下五〇度ちかくなる高度一万メートル地点では、操縦士の体が守れなかったこと。

もう一つは空気が薄くなるので、空気を送る圧力を高めるターボチャージャー（過給機）を装備していないエンジンでは、飛ぶことができなかったこと。

この弱点を克服するにはどうすればいいのか。難問に挑んだ技術者たちは、機体の後方に巨大なプロペラをつけたロケット型の戦闘機を作ることにした。巨大プロペラの推進力で高度一万メートルまで一気に上昇させてＢ29を撃墜し、放物線状の軌道を描いて無事に帰還させようとしたのである。

しかしこれでは滞空時間が短い上に、操縦の自由も限られるので、急上昇する時の狙いがはずれたなら、軌道を修正することは難しいと思われる。

無理がありすぎる計画だが、高度一万メートルに対応する技術を持たなかった日本軍には、他に取るべき術《すべ》がなかったのだった。

館内には「語りの部屋」もあり、映画が上映されていた。「大刀洗１９４５・３・２７」と題し、Ｂ29の空襲によって頓田《とんた》の森で犠牲になった三十一人の子供たちの悲劇を中心に描いたものである。

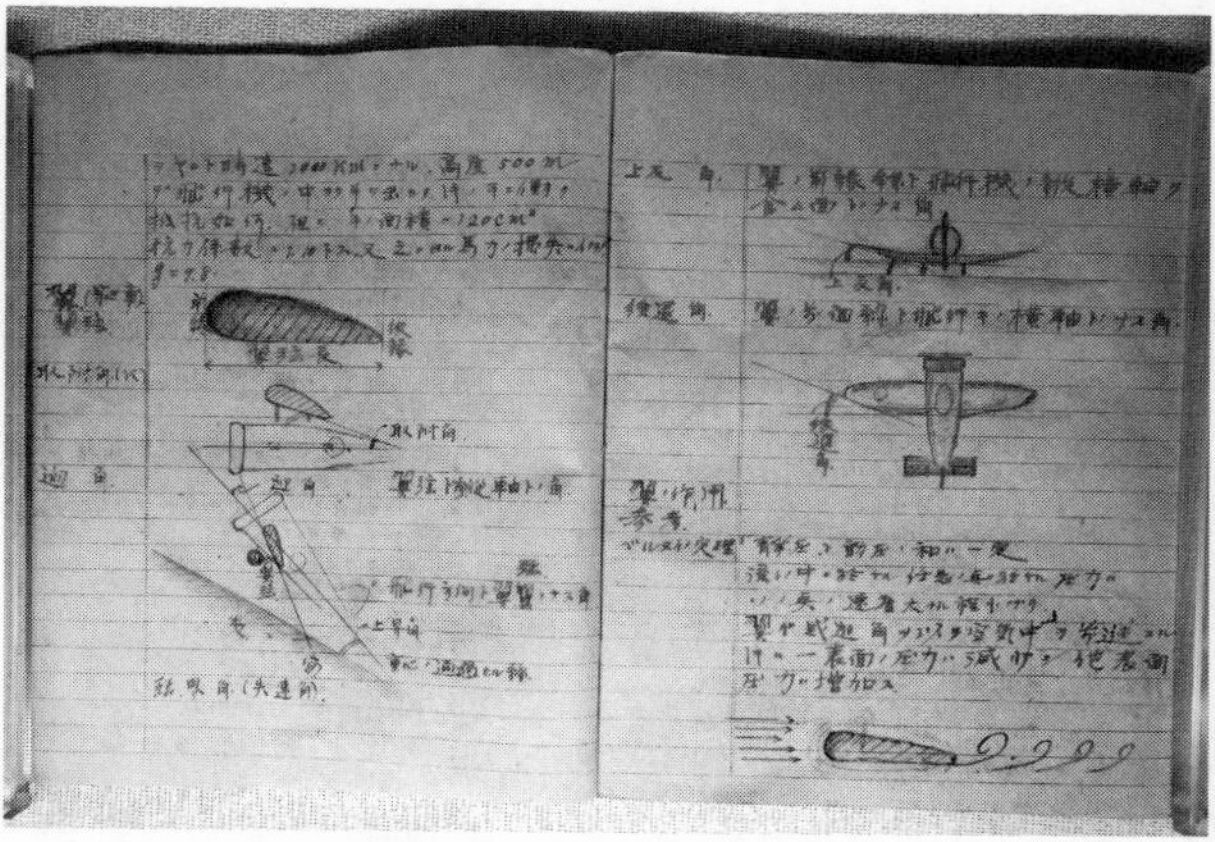

「ベルヌイノ定理」の文字が記された「飛行機正手簿」の頁

当時の様子をおばあちゃんが孫に語って聞かせる構成で、頓田の森の悲劇ばかりではなく、大刀洗飛行場の歴史や戦前の様子も分かるように工夫されていた。

十五分ほどの映画を見て再び展示場に足を運び、ガラスのケースの中に置いてある小さなノートに気付いた。B6サイズのノートに、万年筆の几帳面《きちょうめん》な筆致で、飛行機の空気抵抗に関する図面が描かれている。

その中の「ベルヌイノ定理」という一行に目を引かれた。ベルヌイの定理とは流体（空気や水など）の速さと圧力と作用に関する運動方程式で、エネルギー保存の法則にもとづいたものだ。

流体力学の基本と言うべき定理で、私も高専の授業で学習し、難しさに頭を悩ませたものである。

確かに飛行機を操縦するには流体力学の知識は不可欠で、ノートには次のような例題も記してあった。

〈時速千キロ、高度五百メートルで飛ぶ飛行機の中から手を出した時、手に働く抵抗や如《い》何《かん》。ただし手の面積は一二〇㎠、抗力係数は一・一〇とする。又これによる馬力の損失は如何〉

私はまるで飛行学校の授業に出席している気がして、めまぐるしく考えを巡らした。考えてはみたものの、技術者の道をはずれて歴史小説などを書いている者には手も足も出ない。

ただ、このノートを書いた生徒に同級生のような親しみを覚え、どのような人だったのか知りたくなった。

大刀洗平和記念館受付に行ってそのことをたずねると、私より少しばかり年上の寺原裕《てらはらひろ》明《あき》氏（当時の副館長）が説明してくれた。

「これは大刀洗陸軍飛行学校の生徒だった佐藤亨《とおる》さんが書かれたものです」

表紙には「飛行機正手簿《せいしゅぼ》」の表題がある。

どうやら支給品だったようで、第二中隊第四区隊という所属と、昭和十八年（一九四三）九月三十日から書き起こした旨《むね》が記されている。

佐藤亨の「飛行機正手簿」の表紙

「佐藤さんは大正十五年（昭和元年、一九二六）のお生まれですから、十七歳だったはずです。あそこに展示してある九七式戦闘機も佐藤さんの愛機でした」

「博多湾に墜落されたのですか」

「そうではありません。佐藤さんが満州の飛行場におられた時、上官の渡辺小隊長が急な命令を受けて九州に向かうことになったそうです。ところが彼の飛行機は故障中だったので、佐藤さんの愛機を借りて行かれました。その途中にエンジントラブルが起こり、博多

左が佐藤亨伍長

湾に不時着されたのです」

渡辺小隊長は飛行機から脱出して無事だったが、昭和二十年（一九四五）四月二十二日に知《ち》覧《らん》基地から特攻出撃して散華《さんげ》されたという。

海底に沈んだ九七戦は平成八年（一九九六）、五十一年ぶりに引き上げられ、修復がほどこされて平和記念館に展示されることになったのである。

「佐藤さんも亡くなられたのですか」

「平成十九年（二〇〇七）まで生きておられました。知覧から特攻出撃なされたのですが、エンジントラブルのために屋久島《やくしま》に不時着されたそうです」

昭和十三年（一九三八）から実戦配備された

九七戦は、当時抜群の優秀さを誇り、赫々《かくかく》たる戦果を上げた。

ところが昭和二十年にはすでに老朽化し、故障も多かったのである。

「同僚から聞いた話ですが、佐藤さんが旧記念館に来られ、この飛行機の前で直立不動の姿勢で長いこと立っておられたそうです。さまざまな思いが去来《きょらい》したのでしょうね」

寺原氏が万感の思いを込めてつぶやいた。

これほど展示内容が充実した記念館は珍しいが、それは戦争の現実を正しく伝えようという、筑前町《ちくぜんまち》の方々の熱意によって支えられていることを実感した一言だった。

館の資料室には佐藤氏が残した手記もあった。『特攻残記』というタイトルで、「多情《たじょう》多恨《たこん》なり『九七戦』」という副題がついている。平成十六年（二〇〇四）に知覧特攻平和会館から発行されたものである。

私は学習室の席を借り、むさぼるように手記を読んだ。

ある特攻隊員の手記が語りかけるもの

手記の概略は次の通りである。

《佐藤亨は大正十五年五月二十七日、佐賀県の目達原《めたばる》飛行場から十キロ程離れた田舎町で生まれた。

昭和八年（一九三三）四月に小学校、昭和十四年四月に旧制中学校に入学。三年生になった年の十二月八日に、日本は真珠湾攻撃を決行して米英との戦争に突入した。

この攻撃に際し、中学の先輩である広尾《ひろお》彰《あきら》大尉が特殊潜航艇での攻撃で散華し、九軍神の一人としてたたえられた。

その影響もあって、佐藤は少年飛行兵に応募し、昭和十八年三月二十七日に東京陸軍航空学校に入学した。東京に出発する時には、出征兵士を見送るのと同じように日章旗や幟《のぼり》が立てられ、万歳三唱して祝ってもらったという。

三月二十九日に約千五百名の合格者の発表があり、操縦適性者は大刀洗陸軍飛行学校へ、整備は岐阜陸軍航空整備学校へ、通信は水戸陸軍航空通信学校への移動を命じられた。

四月には佐藤ら五百名の大刀洗での入校式があった。

以前は一年間の教育期間があったが、この年の少年飛行兵第十四期生から、操縦士の不足を補うために期間を繰り上げ、二カ年の上級教育のみとする急速養成コースになった。

四月から八月まで一般的な教育や軍事教練がおこなわれ、八月十一日から十日間は夏期休暇で帰省が許された。その折、軍服姿で故郷に錦を飾り、母校の小学校で啓蒙《けいもう》のための講演をするように命じられた。

帰校後は専門教育となり、気象学、機関工学、エンジンの分解組立を学ぶようになった。「飛行機正手簿」の交付を受け、ベルヌイの定理などを学んだのはこの頃である。

入学から一年後の昭和十九年三月には、朝鮮半島の群山《ぐんざん》飛行場（現・韓国全《チヨル》羅《ラ》北《プク》道《ト》群《クン》山《サン》市）で飛行訓練を受けるようになった。基本操縦教育課程を修了して卒業したのは七月二十三日だから、入学からわずか一年四カ月という短さである。

その間に正手簿に記された内容を理解したとすれば、能力と努力には驚嘆するばかりである。

〈その訓練の厳しさは、真《まこと》に筆舌《ひつぜつ》に尽《つく》せぬ苦しみであった。その生活によくぞ耐えたものであったと思う〉

本人はそう記しているが、祖国を守るという使命感と、操縦を誤ったら生きてはいられないという緊張が、極限状態の中で能力を開花させたのかもしれない。

そして七月三十一日、戦闘機操縦要員として、旧満州の公主嶺《こうしゅれい》飛行隊（現・中国吉林省《きつりんしょう》公主嶺市）に所属するように命じられた。

翌年一月、陸軍中央部は戦局の悪化を打開するために特攻部隊の編成を命じた。佐藤は第一〇五振武《しんぶ》隊第四降魔《こうま》隊の一員となり、四月二十八日に知覧から出撃することになったのだった》

知覧から特攻出撃し、エンジントラブルのために屋久島に不時着した佐藤亨氏の、その後の運命からも目が離せないが、東京に帰る飛行機の時間が迫っているので長居はできなかった。

来る時には気付かなかったが、太刀洗駅の一角にはレトロステーションがあり、自衛隊の練習機が空を飛ぶような形で鉄柱の上に展示してあった。

こちらは渕上宗重《ふちがみむねしげ》氏が私財を投じ、昭和六十二年（一九八七）から平成二十年（二〇〇

太刀洗駅舎にある「太刀洗レトロステーション」

八）まで運営した、旧大刀洗平和記念館である。

平成二十一年、記念館としての役目は筑前町立大刀洗平和記念館に引き継がれたが、旧館が戦時資料約二千百点を保存していたおかげで、資料の散逸《さんいつ》や消失をまぬかれたのである。

先人たちを思う熱い血が現在の記念館に通っているのは、渕上氏の熱意と思想が受け継がれたからに違いない。

私もその熱意に影響されたようで、東京に戻ってからも平和記念館で見たさまざまの資料が頭から離れなかった。

これまで南北朝時代や戦国時代、幕末を舞台とした小説を書いてきた。ちょうど遣唐使の物語にも取り組みはじめた矢先で、昭和まではとても手が回らない。

しかし佐藤氏のノートを見て、彼らが流体力学やベルヌイの定理を学んでいたことを知ったからには、放置することは出来ないと思うようになった。

「俺たちがいたことを、みんなに伝えてくれんや」

若くして逝《い》った親友から、そう頼まれている気がするのである。

しかも大刀洗飛行場には、久留米高専の先輩も学徒動員で行っていた。彼らの中には技術者の助手として震電開発にたずさわった方もいたのではないか。

開発のためには一万枚ちかくの図面が書かれ、工場に泊まり込みで作業に当たったというから、そうした図面の複写《トレース》などを任された先輩がいたかもしれない。

そうして働くうちに、彼は同年代の少年飛行兵と親しくなり、戦局の悪化に追われるように日本を守るための戦いに加わっていく。

片やB29に対抗できる震電の開発のために、片やB29を迎撃するために編成された回天《かいてん》制空隊のパイロットとして、若い命を燃やすことになる――。

そんな二人を主人公とした物語が頭に浮かび、じっとしていられなくなった。タイトルは『不死鳥の翼』にしようと、原稿用紙に書きつけて字面《じづら》を確かめてみたほどである。

これほど心を動かされたのは、平和記念館のせいばかりではない。これまで気にかかってはいたものの、正面から向き合うことを避けてきた二つの問題があったからだった。

郷里の大先輩と父からの言葉

日々の仕事や生活に追われて、対峙《たいじ》することを避けてきた二つの問題。

一つは郷里（福岡県八女《やめ》市黒木町）の大先輩である田形竹尾《たがたたけお》氏から言われたことだ。

大正五年（一九一六）生まれの田形氏は、昭和九年（一九三四）に飛行第四連隊に志願兵として入隊し、隼《はやぶさ》や飛燕《ひえん》などの操縦士として数々の戦果を上げた。

中でも有名なのは、台湾の台中《たいちゅう》飛行場にいた時に三十六機のグラマンの編隊にたった二機で戦いを挑み、五機を撃墜して生還したことである。

その戦いぶりについては、本人の著書『飛燕対グラマン』（朝日ソノラマ）に詳しいが、田形氏は同時に特攻隊員の教官もしていた。そして心ならずも多くの教え子たちを失い、自身は終戦によって命を保つことになった。

そのことに慚愧《ざんき》の念を持っていた上に、戦後になって、特攻隊への冷笑的な批判が横行することが耐え難く、一貫して特攻隊の真実を伝える活動をつづけてきた。

そんな田形氏が、ある時突然私の前に立たれたのだった。

「あなたは歴史小説家として、日本のあるべき姿を追い求めておられるとお見受けした。ならば是非とも特攻隊員たちの小説を書き、国を守るためにわが身を犠牲にした彼らの真実を伝えてほしい」

そのためにはどんな協力も惜《お》しまないと言われたが、まだ四十歳を過ぎたばかりの私は乗り気になれなかった。

田形氏の誠実な人柄と戦後日本の状況に対する怒りはよく分かったが、右翼団体に近いと当時思えた主張には、少なからず違和感を覚えたからである。

そうしていつしか距離をおいているうちに、平成二十年（二〇〇八）に田形氏が他界したために、戦争の問題や特攻隊についての自分なりの考えを伝えられなかったことが、悔いとなって心の底に残った。

田形氏があれほど懸命に説得しようとしてくれたのに、こちらはあいまいな笑みを浮かべたまま身をかわしてしまった。そんな思いに苛《さいな》まれたのである。

もう一つは、大正三年（一九一四）生まれの父と、まともに向き合ってこなかったという反省である。

父は戦前に召集を受け、二度中国大陸に出兵した。所属したのは兵糧《ひょうろう》や弾薬などを運ぶ輜重《しちょう》隊だったそうだが、戦場でどんな体験をしたのか、昭和三十年（一九五五）に生まれた私には一切語らなかった。

ところがある時、その一端が分かったのである。

今から二十五年ほど前、私は豊臣秀吉の朝鮮出兵の頃の明《みん》国における状況を調べようと、中国へ取材に行った。北京《ペキン》から南京《ナンキン》、上海《シャンハイ》、厦門《アモイ》、香港《ホンコン》をめぐる三週間ほどの一人旅だった。

北京から列車に乗って南京に着いた。長江《ちょうこう》ぞいに広がる風光明媚《ふうこうめいび》な古都である。

古くから中国王朝の首都がおかれ、日本における京都のような地位をしめてきた。

町を歩いたり食堂に入ったりすると、人々の応対や表情にどことなく上品さが感じられるのは、そうした伝統のなせる業《わざ》だろう。

この地は、昭和十二年（一九三七）に南京事件が起こったことでも知られている。中華民国の首都だった南京を日本軍が占領し、多数の将兵や住民を殺害した。

中国側はその数を三十万人と主張しているが、日本の学者や旧軍人などはありえない数字だと反論している。

その正否を判断するほどの知見を、当時の私は持っていなかったが、この機会に市内にある「南京大虐殺記念館」を訪ねてみることにした。

そこに展示されている日本軍の悪行《あくぎょう》の数々（意図的に演出されているところもあるが）を見ると胸が痛み、受付で供養の線香代を差し出さずにはいられなかった。

すると意外な成り行きになった。寄付の申し込み書に署名を求められ、

「今日は上映の日ではありませんが」

特別に見てもらいたいと言って事務室に案内された。

戦時中に日本軍が撮った八ミリフィルムらしく、戦闘の様子が生々しく映されている。

その中には酷《ひど》い殺戮《さつりく》の場面もあって、申し訳なさに身の縮む思いをした。

部屋には八人くらいの職員がいて、私の反応をじっとうかがっている。二十分ほどの上映が終わると、

「この事件について、あなたはどう思いますか」

上司らしい職員が英語でたずねた。

「悲しい。残忍です」

そうとしか言えなかった。それが正直な感想だった。

翌日、南京から上海に向かった。およそ三百キロの距離を、特急列車で四時間ほどかけて走った。

その間、窓の外には赤土の大地が延々とつづいている。山がなく地平線まで見はるかす広大な大地を見ていると、列車の中にいても得体《えたい》の知れない不安に襲われた。

日本では山が見えない場所はない。だからこんな感覚にとらわれるのだと思い当たり、この道をたどって南京に向かった日本軍の苦難が身近に感じられた。

山の見えない大地を十日ちかく歩きつづければ、どんな精神状態におちいるだろう。

雨が降れば道は泥沼になり、重い装備を背負ったままでは歩くこともままならない。し

かも中国軍は昼夜を問わず奇襲攻撃をかけてくる。

こうした困難に直面した日本軍は疲労困憊《こんぱい》し、平常心を保てなくなったのではないか。それが南京を陥落《かんらく》させた後の異常な行動につながったのかもしれない。

そう考えながら、私は窓の外の流れゆく景色をながめていた。


日本に戻って帰郷した時、南京での写真を父に見せて記念館でのことを語った。みやげ話のつもりだったが、父はにわかに険《けわ》しい表情をして、

「俺も南京に行っとった」

急に立ち上がって寝室から一冊のアルバムを持ち出してきた。

中国に出征していた頃の写真で、その中に半分壊れた南京の中山門《ちゅうざんもん》の前で歩兵銃をさげて立つ父の姿があった。

南京陥落から日ならずして撮られたものだろう。生まれて初めて見る父の軍服姿だった
(左頁の写真は別の場所)。

「そうね。お父さんもあそこにおったとね」

「そうた」

「どげんやったね」

「あげんなったら、普通じゃおられん」

父は何かに抗議するようにつぶやいた。

著者の父、安部正氏

普通ではいられないとはどういうことか。どんな精神状態になり、どんな行動に走るのか。聞きたいことは山ほどあったが、それを口にして父を追い詰めたくはなかった。

それ以来この問題には一度も触れないまま、我が父、安部正《ただし》は八十二歳で他界した。

本当は戦時中のことや戦後の生き方について、もっと話を聞いておくべきだった。それは戦後十年目に生まれ、戦後教育を受けて大人となった自分のルーツを確かめる行為でもあったが、ついにそれができなかった。

父は従軍アルバムを押し入れの奥に仕舞《しま》い込んで口を閉ざしていたし、左翼的な思想に共感を抱《いだ》いていた私は、戦前の軍国主義はすべて間違っていて、検討するに値しないと傲《ごう》慢《まん》にも思い込んでいた。

それは戦後教育の悪《あ》しき影響によるものでもあった。

本来なら日本人は、先の戦争の原因や経緯、敗北の理由を徹底して研究し、そこから得た知見を次の世代の教育に生かすべきだった。

ところが連合軍の占領下におかれ、昭和二十六年（一九五一）のサンフランシスコ平和条約で独立が認められた後も、アメリカに従属することで国の安定と繁栄を保つ道を選んだ。

そのためにアメリカと戦った戦前の記録や記憶は、臭いものにフタでもするように隠してしまい、語ることも教えることもタブーにしてきた。

そのことが、我が家で父と子が戦争について語り合えない状況を生んだばかりでなく、

「一億総懺悔《ざんげ》」などと言って責任の所在をあいまいにし、日本人の自己同一性《アイデンティティ》を失わせる結果を招いた。

そんな戦後ボケを患《わずら》う者の一人であった私に、大刀洗平和記念館に展示された写真や遺品は鋭い問いを突き付けてきた。

「お前はそれで良かとか。日本人は本当に幸せになったとや」

その問いに突き動かされ、何とかしなければと思い始めた。

それから一年半後の平成二十八年（二〇一六）三月二十八日、私は再び平和記念館をたずねた。

生き残った四人の方への取材を

大刀洗平和記念館の玄関を入ると、寺原裕明氏が迎えて下さった。

やがて大刀洗飛行場を舞台にした小説を書こうと決意した私は、記念館の方々に資料などについて相談し、戦時中の状況を知っている方々が講演などの啓蒙《けいもう》活動をしておられると教えてもらった。

「それなら取材させていただけないでしょうか」

無理なお願いだと分かっていたが、父と同じ世代の方々の生の声をどうしても聞きたかった。皆さん九十歳ちかいので、残された時間はそれほど多くはないという焦りもあった。

「分かりました。皆さんにお願いしてみましょう」

寺原氏を始めとする記念館の方々の尽力により、四人の方に取材をさせてもらうことになった。

松隈嵩《まつくまたかし》氏。

久留米工専（現・久留米高専）出身で、一年生の時に学徒動員で九州飛行機に勤務。震電の製作にも関わり、ベルヌイの法則のノートを残した佐藤亨氏とは中学時代の同級生だった。

昭和二十年四月十八日にB29が福岡県小郡《おごおり》市に墜落した時、現場を撮影した歴史的な一枚を残した方である。

信国常実《のぶくにつねみ》氏。

技能者養成所でエンジンの整備の訓練を受け、フィリピンのクラーク飛行場（現・クラーク国際空港）に配属された。密林での逃避行の末、九死に一生を得て現地で終戦を迎え、昭和二十年十二月にアメリカの輸送船で帰国した。

河野《こうの》孝弘氏。

技能者養成所で整備工の訓練を受け、大刀洗飛行場で任務に当たっている最中に、昭和二十年三月二十七日の大空襲を経験。この日飛行場には、八百キロの魚雷を装備した九八戦隊の飛龍など四十六機が出撃のために待機していたが、空襲のためにすべて破壊された。その後、北飛行場でも勤務し、特殊爆弾を搭載したさくら弾機の火災現場も目撃している。

末吉《すえよし》初男氏。

昭和十八年（一九四三）、十六歳の時に少年飛行兵第十五期生に合格。大刀洗陸軍飛行学校甘木生徒隊に入隊した。

翌年、台湾の屏東《へいとう》飛行場（現・屏東県屏東市）に配属される。前述した田形竹尾氏を教

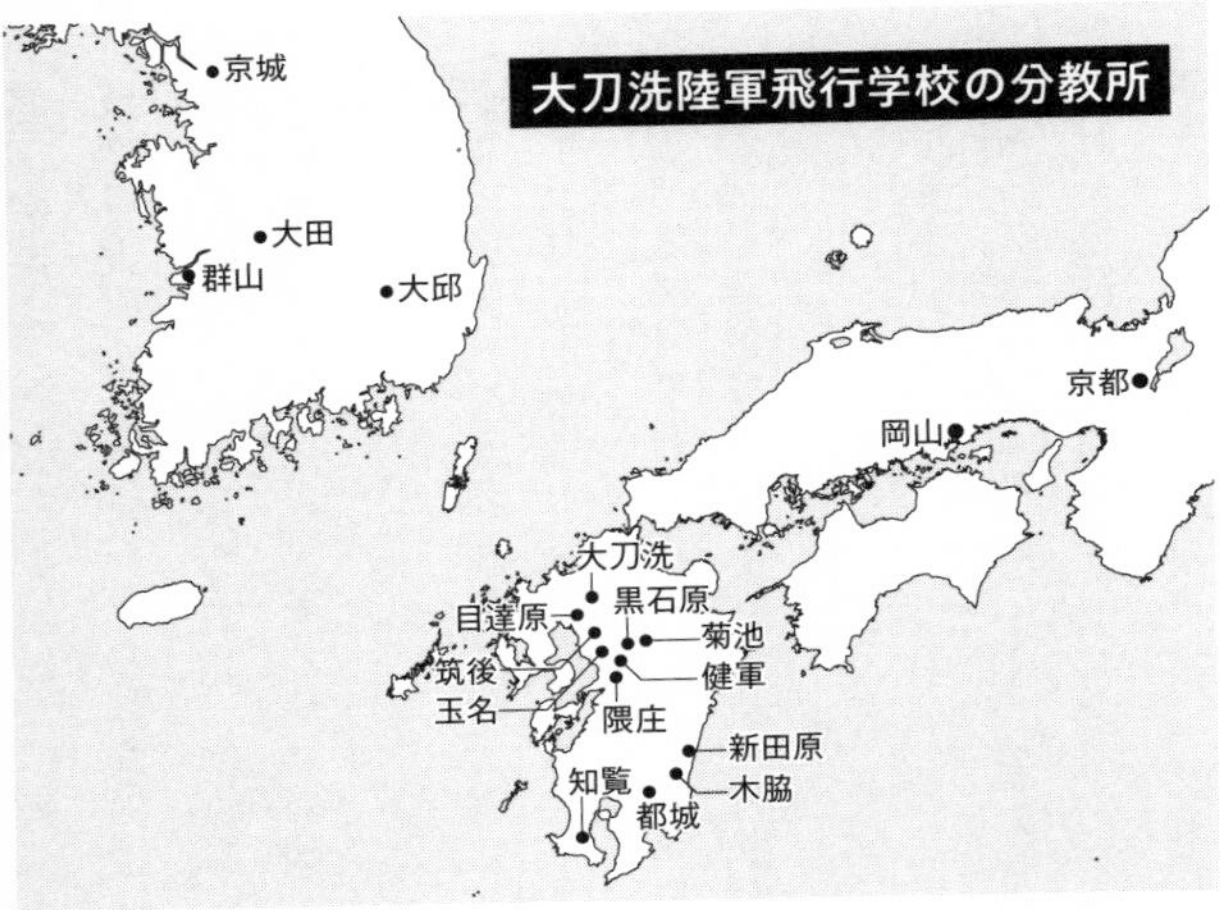

官として特攻訓練を受け、昭和二十年四月二十八日に沖縄の海域に向けて出撃。四機編隊で向かったものの、航法士が同乗していた隊長機が故障したために、特攻用の爆弾を海に捨てて石垣島の飛行場に不時着した。

いずれも戦争の修羅場《しゅらば》をくぐり抜けた方々で、会って話を聞くのは、生涯を平和のうちに生きてきた者には恐れ多いほどだった。

「これが取材のスケジュールです。私が全行程同行しますから」

寺原氏が運転してくれる車に乗り、最初に佐賀県基山町《きやまちょう》の松隈氏を訪ねた。

第一章　松隈嵩氏《まつくまたかし》への取材——技術者たちの苦闘

松隈嵩《まつくまたかし》氏のご自宅は、ＪＲ基山《きやま》駅（佐賀県基山町）に近い閑静な住宅地にあった。案内された応接間には壁一面に書棚があり、書斎のような落ち着きがあった。

高校教師をしておられた松隈氏はすらりと背が高く、ダンディな風貌をしている。おだやかで知的だが、なかなか頑固な一面がありそうだった。

お茶を運んでくれた奥さまは、気さくで明るくて芯の強い感じである。人付き合いを好まない夫に代わって、万事そつなくこなしているように見えた。

「私は昭和十九年（一九四四）に中学を卒業して、久留米《くるめ》工専に入学しました。十七歳でした」

松隈氏の口調はおだやかだった。

「ぼくは昭和四十六年（一九七一）の入学です。二十七年、後輩です」

「当時、工専は機械科、鉱山機械科、化学工業科がありました。私は機械科で、昭和二十年（一九四五）一月に九州飛行機に動員されたのです」

昭和十四年（一九三九）に設立された久留米高等工業学校は、昭和十九年四月に久留米工業専門学校と改称された。松隈氏はその年に入学したのである。

取材の後で知ったのだが、平成十一年（一九九九）に久留米高専の同窓会が『回想記――創立六十周年記念誌』を発行している。

この中に松隈氏が寄稿した「間に合わなかった新鋭機」も収録されている。新鋭機とは震電《しんでん》のことで、その書き出しは次の通りである。

〈学校で授業を受けていた私達一年生も、遂《つい》に各地の工場に動員されることになりました。昭和二十年一月十三日で授業は終わり、十七日、雪の積もった寒い日に雑餉隈《ざっしょのくま》の九州飛行機株式会社に入所しました〉

初めて大刀洗平和記念館を訪ねた時に、大刀洗飛行場と久留米高専はゆかりが深いと感じたのは、間違いではなかったのである。

「当時、機械科は四クラスあって、各クラス四十人でした。百六十人全員が九州飛行機に動員されたのです」

「墜落したB29の写真を撮《と》られたと聞きました。その時のことを教えていただけますか」

「あれは四月十八日のことです。来襲したB29を迎撃するために、回天《かいてん》制空隊の山本三男《みお》三郎《さぶろう》少尉が屠龍《とりゅう》に乗って出撃され、体当たりして撃墜されたのです。私はすぐに小郡《おごおり》の現場に駆けつけましたが、機密を守るために警防団が立ち入りを禁じていました。そこで持っていた小型カメラを服の下に隠し、だいたいの勘でシャッターを切ったのです」

警防団に知られたならカメラを没収されるばかりか、逮捕されてどんな扱いを受けるか分からない。

それでも松隈氏は目の前の情景を記録しておかなければならないと、危険をおかして写真を撮ったのである。

「B29の機体の主要部のまわりは、警備が厳しくて近付けませんでした。そこで、墜落の衝撃でちぎれた尾翼《びよく》のあたりを見に行ったのです」

すると機体の破片が断裂面を見せて散乱していた。松隈氏はその中から、油圧管のようなものを引きちぎって持ち帰ったという。

「すると驚きました。どれも継手《つぎて》の部分のネジがしっくりと合っていて、くるくるとなめらかに回るのです。しかも油圧管が少しも汚れていなかったので、油漏れをまったく起こしていないことがわかり、日本とアメリカの工業力の差をまざまざと感じました」

油圧管ひとつからそこまで洞察するとは、さすがは久留米高専の先輩である。そう感じたものだが、松隈氏が直面していた状況がひどすぎたのだという。

「その頃の九州飛行機では、ちゃんと合うボルトとナットさえなかったのです。廃品のようなボルトとナットの山から、合うものを見つけ出して部品として使っていました。そんな飛行機に乗って特攻出撃されたのですから、途中で油漏れを起こして飛行不能になるのもよく分かります。九州飛行機で働いたのはわずか七カ月でしたが、普通ではできない経験をさせてもらいました」

あれからもう七十一年もたつと、松隈氏は来《こ》し方を見る遠い目をした。

そうした体験について、松隈氏が書いた「間に合わなかった新鋭機」などを参考にして、小説風にまとめてみたい。

◎　◎　◎

——敗戦の気配が色濃くただよい始めた昭和二十年一月十七日、松隈嵩は機械科の同級生百六十人ばかりと共に、福岡市郊外の雑餉隈にある九州飛行機株式会社の門をくぐった。

九州飛行機の前身は渡辺鉄工所といい、海軍から受注した魚雷発射管を大正八年（一九一九）から製造していた。そして昭和五年（一九三〇）に雑餉隈に飛行機製造工場を新設、昭和六年から生産を開始した。

九州飛行機と改称したのは昭和十八年（一九四三）で、昭和十七年から昭和二十年八月までの間に飛行機二千四百十八機を生産している。

工場で働く者は昭和十八年には一万七千人。学徒動員が本格的になった昭和十九年には二万七千人ちかくになったが、熟練労働者の半数ちかくが徴兵されたために、生産体制はきわめて不安定になりつつあった。

雑餉隈工場は十二万坪という広大な敷地を持ち、三十数棟の工場や作業場、事務所などが建ち並んでいた。

松隈たちは技術幹部養成所の講堂で入所式を行い、社長直々《じきじき》の歓迎の挨拶《あいさつ》を受けた。技術者の絶対数が不足しているので、工専生を即戦力と期待していたのである。

（負けん気が強そうやけど、工員に毛の生えたくらいの奴やね）

青年にありがちな自尊心と反骨心にあふれた松隈は、社長を見てもそれくらいの評価しかしなかった。

入所から二日間は健康診断や作業についての説明、各工場の見学があり、一月二十日に配属先が発表された。

松隈嵩は第二十四工場で、旋盤《せんばん》やフライス盤などを使って飛行機の部品を作る部署である。工場も古いもので、工専の実習工場とさして変わらないくらいの設備だった。同級生の中には風洞《ふうどう》実験室や油圧装置の試作工場に配属された者もいて、差をつけられたようで何となく面白くなかった。

工場でまずやらされたのは、鏨《たがね》とヤスリの訓練だった。

鏨は鉄板などを切断する時に必要なもので、ノミのような形をした鏨をハンマーで叩いて使う。一方の手で鏨を支え、もう一方でハンマーを振り下ろすのだが、慣れないうちはどうしても手を叩いてしまう。

しかしそれを恐れて弱く叩くと鉄板が切れないので、勇気を持って強く打ち降ろすしかない。しかも指導の工員は軍隊式に厳しいので、一週間もすると松隈の親指のつけ根は、まんじゅうのように赤黒く腫《は》れ上がった。

ヤスリは、鉄板などの切断面を寸法通りに仕上げるための工具である。手に頼らず腰を前後に動かして使わなければ安定しないし、上下にぶれるようでは水平に削れないので案外難しいのだった。

松隈らが毎日工員見習いのような訓練をしていると、試作工場に配属された友人が重大な機密情報を持ってきた。

「今、十六工場では新しい局地戦闘機ば作りよるぜ。鶴野正敬《つるのまさよし》大尉が設計されたJ7震電ちゅう新型たい」

それはプロペラが機体の後ろにある前翼《エンテ》型で、機首には三十ミリ機関砲四門がついているという。

「エンテちゃ、ドイツ語で鴨《かも》のことやろ」

「そうたい。鴨が飛ぶ時のような形ばしとる。だいたいこげな風たい」

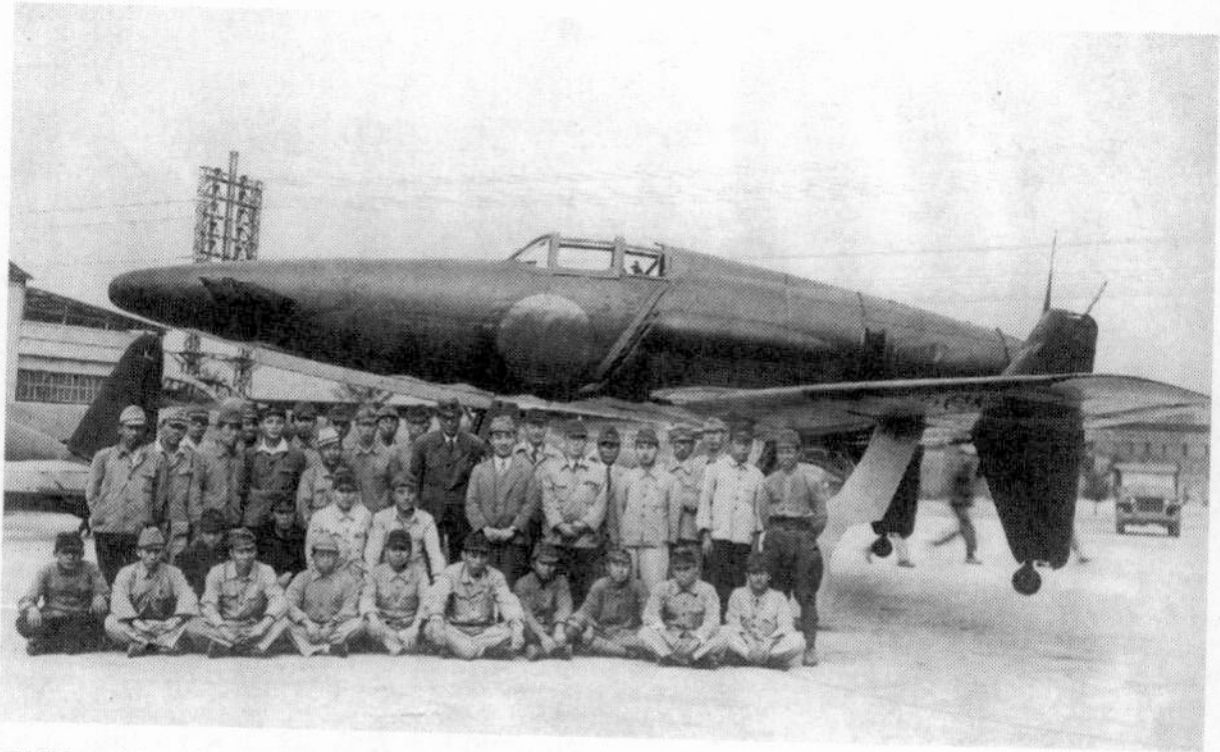

震電の前に立つ鶴野正敬大尉（後列右より9人目）

友人はまわりに人目がないことを確かめ、地面に震電の全体図を描いてみせた。

ロケットのような精悍《せいかん》な形をして、大きな主翼が操縦席の後ろにある。エンジンは高速での安定性を保つために主翼の上に設置し、機体の後部に巨大なプロペラをつけていた。

「凄《すご》かろが。これだと最高時速七百五十キロで、高度一万メートルまで飛ばるるげな。B29が来たっちゃ対抗でくるよ」

友人はどうだと言わんばかりに目を輝かせた。

B29による本土爆撃はすでに始まっていた。昭和十九年六月、中国四川《しせん》省の成都《せいと》を飛び発《た》った四十七機が、八幡《やはた》製鉄所を破壊すべく北九州に来襲したのである。

この時は日本の防空態勢がととのっていて被害をまぬかれることができたが、アメリカ軍は同年八月にマリアナ諸島を制圧し、ここに作った飛行場を拠点として日本のほぼ全域を爆撃できる態勢をととのえたのだった。

B29に対抗すべく開発された震電

日本軍も手をこまねいていた訳ではない。

昭和十八年二月頃には、試験飛行中のB29が墜落事故を起こしたという情報を入手し、その直後から対策委員会を発足させて対応を協議していた。

そして翌年三月にはかなり正確な報告書を作り、上層部に早急に対策を取るように進言した。

報告書によれば、B29の最大速度は時速六百キロ、上昇高度は一万二千五百メートル、航続距離は爆弾四トンを積んだ場合で五千五百キロ。実戦配備は昭和十九年五月か六月と思われる。

これに対抗するには既存の戦闘機の性能向上ばかりでなく、ロケット、ジェット機を含めた高高度性能や夜間戦闘能力を持つ新型戦闘機の開発が急務だと進言した。

震電はこの進言にもとづいて開発、生産が決定され、海軍の要請で九州飛行機で製造されることになったのである。

（あやっどんな、良かね）

松隈嵩は試作工場や風洞実験室に配備された友人たちをうらやんだが、二月になると二十四工場にも重要な仕事が割り振られた。

「今日から震電の発動機延長軸支持架《しじか》の治具《じぐ》を作る。工期は十日だ」

組長をつとめる技師が、作業台の上に設計図を広げた。

震電のエンジンからプロペラに動力を伝えるために延長軸が必要で、軸にはスピードを制御するための変速機もつけなければならない。

それを機体に取りつけるためには支持架（設置するためのフレーム）が必要なので、支持架を生産するための治具を作るというのである。

治具とは英語のＪｉｇに漢字を当てたもので、製品を作る時に工作物を固定すると同時に、切削《せっさく》工具などの制御をする装置である。

加工する支持架の形状や寸法に合わせ、鉄板を切ったものを溶接して作業台を作る。それを生産現場のレールに取り付けられるように、ボルトを差し込むための穴を開けるのである。

松隈らは工員としては素人《しろうと》だが、幸い図面を読む教育は受けている。学生五人と指導員一人で、何とか工期内に治具を仕上げることができたのだった。

仕事ぶりが評価されたのか、やがて発動機架の組立て部門に回された。震電の大型エンジンを主翼の上に設置するためのフレームなので、延長軸の支持架よりはるかに精密さが要求される作業である。

ところが工場には、取付ボルトとナットさえ、まともにそろっていなかった。

「どげんしたら良かとですか」

指導員にたずねると、工場の隅に積み上げられたボルトとナットの山を指さした。あの中から合うのを捜して来いという意味だった。

久留米工専の教育において重視しているのは、不合理不条理なことには同調しない姿勢を身につけさせることである。

それは技術者として当然のことだが、国全体が不合理不条理な戦争に突入し、いちじるしく片寄った精神論によって統制を強めている状況では、こうした姿勢は禍《わざわ》いすることがあった。

ボルトとナットの不足を知った松隈嵩は、

「そげなこつで、まともな飛行機が作らるっとですか」

思わず本音を口にし、指導員を激怒させたのである。

「そんならお前が広島さん行って、作ってもらって来い」

指導員はそう言って、材料の入った麻袋を突き付けたのだった。

九州飛行機はもともと鉄工所だったので、エンジンを製造するほどの技術を持っていないし、部品も各地の下請け工場に外注していた。

震電のエンジンは三菱重工の名古屋工場で製造したものを取り付けることにしていたし、部品の一部は広島の下請け工場に作らせていたのである。

そこに学徒動員の若者を一人で行かせるとは無茶な話だが、ここで引き下がっては男がすたる。松隈は作るべきボルトとナットの寸法を書き上げ、重い材料を背負って三月七日、夜汽車に乗り込んだ。
（材料を持参しなければならんようでは、すでに生産体制が崩壊しているのだ）

腹立ちまぎれにそんなことを考えているうちに眠気に襲われ、翌朝の午前七時頃に広島駅に着いた。

持って来た弁当で朝食をすませ、工場に行って製作依頼書と材料を渡した。むろん会社からも依頼の電話をしているので、翌九日には製品を作ってもらえることになった。九州飛行機の社用での出張なので、その日は八丁堀《はっちょうぼり》の大黒屋《だいこくや》に泊まることができた。しかも午後からは自由なので、この日封切りになった映画『後に続くを信ず』を観《み》た。東宝の製作で、主演は長谷川一夫《かずお》、音楽は古賀政男《こがまさお》、特殊技術は円谷英二《つぶらやえいじ》（後の円谷プロ社長）が担当していた。

映画館を出て空を見上げると、アメリカ軍の偵察機が飛び去っていった。この時は何気《なにげ》なく見送ったが、原爆投下のための資料写真を撮っていたのだと、後になって思い当たった。

大黒屋で早目に夕食を食べ、もう一度映画を観に行った。今度は日活が製作した『南方

発展史　海の豪族』で、主演は嵐寛寿郎《あらしかんじゆうろう》だった。

翌九日、厳島《いつくしま》神社に参拝してから完成したボルトとナットを受け取り、夜汽車で福岡に向かうことにした。

汽車は満員だったので、重い荷物を背負って連結器に上がり、やっと車内にもぐり込んだ。

ところが旅館の小麦飯が合わなかったのか腹痛が起こり、油汗をかく思いでトイレに行かなければならなかった。

昭和二十年三月中旬になって思いがけないことがあった。

試作工場に配属された友人が、十六工場で作られている震電を見学させてもらえることになったと言ってきたのである。

「良かとや。軍事機密やろ」

「指導員が良かち言わした。お前が広島まで部品ば受け取りに行ったち知っとらすとよ」

夢のような話である。松隈嵩は喜びと期待に胸を躍《おど》らせて、東のはずれにある十六工場を訪ねた。

工専の実習工場のようだった二十四工場の、十倍ちかい広さがある。格納庫のような形をした巨大な屋根でおおわれた工場では、さまざまなパーツの試作がおこなわれていた。

その中央で、震電の一号機と二号機の胴体や主翼の組み立てがなされていた。機体の全長は九・七六メートル、主翼の幅は十一・一一四メートルである。

目の前で見ると、想像していたよりはるかに大きい。機首に小さな安定翼《あんていよく》だけをつけた前翼《エンテ》型の機体はスマートで、いかにもスピードが出そうだった。

「これはやがてジェットエンジンば搭載するとやろね」

松隈はそう察した。

すでにドイツではジェット機のメッサーシュミットMe262が実戦配備されていたし、日本でも石川島重工業がジェットエンジンを生産していると聞いていたからである。

震電がジェット機になってB29を次々に撃墜するところを想像すると、興奮のあまり体が震えるのを抑えることができなかった。

三月二十五日にも十六工場に入った。この頃になると入口に警備兵がいて出入りを制限するようになっていたが、友人と一緒なので何事もなく通過できた。

工場では一号機の胴体と主翼を組み合わせる作業が始まっていた。胴体をクレーンで吊《つ》り上げ、その下に台車に乗せた主翼を移動して取り付け作業をする。それが終われば主翼の左右に垂直翼と、離着陸用の車輪を取り付けなければならなかった。

ちょうど工場長の松田技師が名古屋の三菱重工からもどったところで、事務所には震電に装備する発動機とプロペラの解説書が置いてあった。

松田技師に声をかけてもらい、松隈と友人は解説書をのぞき込んだ。

「君たちも見るか」

エンジンは複列十八気筒で空冷式。高度一万メートルにも対応できるように、燃料噴射装置がつけてある。空気を送る圧力を高めるための過給器《ターボチャージャー》の継手《つぎて》にも、新しい工夫がしてあった。

プロペラはドイツのVDM社製の六翅《し》（六枚プロペラ）で、直径は三・四メートルもあった。七月までには試作機を飛ばす計画だという。

松隈はその日を心待ちにしたが、この頃すでにB29の爆撃は熾烈《しれつ》を極めていたのだった。

空襲を受ける大刀洗飛行場

マリアナ諸島のサイパンやグアム、テニアン島を占領したアメリカ軍は、首都東京を直接空爆できる拠点を確保した。

距離はおよそ二千五百キロだが、八千五百キロの航続距離を持つB29は楽に往復することができた。

昭和十九年十一月二十四日。百十一機のB29が、中島飛行機武蔵《むさし》製作所（現・東京都武蔵野市）を標的にして周辺地域を爆撃した。

昭和二十年二月十六日。空母十六隻、駆逐艦七十七隻、飛行機千二百機を中心とするアメリカ機動部隊は、日本の近海まで迫って攻撃を仕掛けた。

これをジャンボリー作戦と呼ぶ。ジャンボリーとはボーイスカウトの集会とかお祭り騒ぎという意味である。

三月十日は悲劇の東京大空襲である。アメリカ軍は深川、本所《ほんじょ》、浅草、日本橋などの住

大刀洗空襲により爆撃を受け、炎上する部品部本部、電精工場、器材庫
（昭和20年3月27日）

宅密集地に千六百六十五トンの焼夷弾《しょういだん》を投下し、十万人（諸説あり）にものぼる住民を殺害した。

その二日後、名古屋が狙われた。三月十二日の未明、Ｂ29約三百機が市街地への大規模空襲をおこなった。これ以後も空襲は激化し、震電のエンジンやプロペラを作っていた三菱重工の工場も被災した。

そして三月二十七日、大刀洗飛行場が空爆を受けたのである。

この日、松隈嵩は通常通り九州飛行機に勤務していた。午前十時の休みの後で空襲警報が発令されたので、家に帰ろうと駅まで行ったが、汽車がなかったので駅前の運送店でラジオを聞かせてもらった。

鳥栖《とす》、久留米の上空に敵の大編隊が来襲したとのことで、基山の家も被害を受けるのではないかと心配したが、やがて引き揚げていく敵機が見えて、十二時少し前に警報が解除された。

大刀洗飛行場が爆撃されたのは、この間のことである。

七十四機のＢ29が飛来し、数十分にわたって爆弾を投下した。折しも飛行場には、南方へ出撃するために八百キロの魚雷を装備した九八戦隊の飛龍など四十六機が待機していたが、爆撃によってすべて破壊された。

死者は千人ちかいと言われているが、中でも痛ましいのは、立石《たていし》国民学校から避難した三十一人の子供たちが頓田《とんた》の森で犠牲になったことだった。

家に帰った松隈は、母から空襲の凄《すさ》まじさについて聞かされた。基山と大刀洗は十数キロしか離れていないので、爆撃の音と地響きが伝わってきたという。

「えすして（こわくて）えすして、防空壕の中で震えとったよ」

だからＢ29は見ていないという。

松隈は詳しいことを知りたくて隣家の主人に様子を聞きに行った。B29は十機ばかりの編隊を組んで次々に飛来し、飛行場や周辺の工場を破壊しつくしたということだった。

四日後、松隈嵩も空襲を間近で体験することになった。

昭和二十年三月三十一日の午前中にB29百六機が来襲し、前回にも勝《まさ》る激しい空爆をおこなったのである。

空襲警報が発令されたのでラジオをつけると、アナウンサーが切迫した声で敵の編隊が豊後《ぶんご》水道を通過し、中津、耶馬渓《やばけい》の上空を通って西に向かっていると告げている。

松隈は基山の自宅で九州の地図を広げ、敵の目標が大刀洗飛行場だと察した。すると間もなく、「ドドドドッ」という爆撃音と、「ピリピリピリッ」という震動が伝わってきた。

(これは近かぞ)

一瞬、恐怖に体が震えた。

B29が爆弾を雨のように振りまくさまが頭に浮かんだ。

「この間も、これくらいやったね」

「そげんたい」

母の返事で襲われているのが大刀洗飛行場だと分かった。

松隈は愛用のベビーパール（コニカの前身六櫻社《ろくおうしゃ》製のカメラ）と双眼鏡を持って撮影に出ようとした。だがこれだけでは足りない気がして、使い慣れたマミヤ6も持っていくことにした。

ところがあいにくフィルムを入れていない。急いで銀紙を破って装塡《そうてん》したが、その間にも断続的に爆撃音がして、衝撃波がガラス窓を震わせた。

「何ばしょっとね。早よ防空壕に入らんば」

母は急《せ》き立てるが、松隈は防空帽子をかぶって表に飛び出した。

なぜだろう。敵の正体を見極めたいという技術者魂か、「負けたままでおらるっか」という佐賀鍋島《なべしま》藩の葉隠《はがくれ》魂のなせる業《わざ》か。防空壕に逃げ込むわけにはいかないという思いに突き動かされていた。

見晴らしのいい所まで出た時、第二波の爆撃が始まった。九機、十一機、九機、と編隊を組んだB29が、一定の距離まで近付いた時に爆撃音と震動が起こる。その距離が約十キ

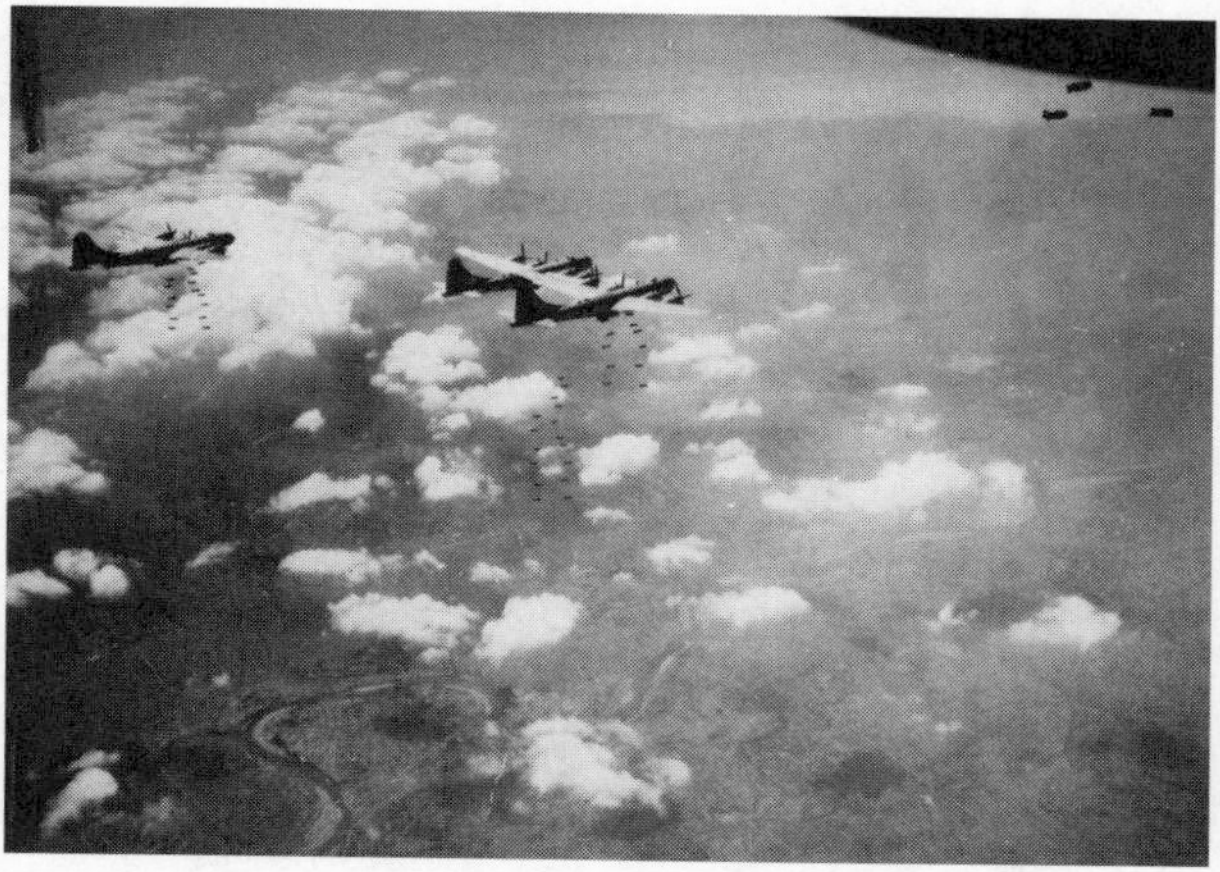

投弾中のB29編隊。下方は久留米（昭和20年3月31日12時18分）

太刀洗航空機製作所の爆煙（昭和20年3月31日11時30分）

口東にある大刀洗の上空なのである。

松隈は双眼鏡で位置を確かめようとしたが、敵は太陽を背負っているので見えにくい。爆撃を終えると鳥栖の上空あたりで旋回して東へ向かうので、頭上を通過する時にははっきり見えるが、一気に高度を上げるためかボヤッとにじんで空に消える。

鳥栖や久留米から高射砲で撃墜しようとするが、B29よりはるかに低い所でポッポッと白煙の花を咲かせるばかりである。

松隈の二台のカメラも、その高度には及ばなかった。暗室で現像し、いくらネガを引き伸ばしてみても、機影はまったく映っていない。肉眼でやっと見える大きさなので、望遠レンズがなければ無理だったのである。

次は九州飛行機が標的にされる。そう察した会社と海軍は、雑餉隈の工場を疎開させることにした。

ところが風洞実験や強度試験の設備は急には移せないので、防護壁を作って守れと命じられたのだった。

松隈嵩も防護壁作りに駆り出されたが、壁の設計図を見てあきれはてた。

「相手はＢ29の爆弾ですよ。これくらいのものじゃ防ぎきれんでしょう」

設計部長に喰ってかかったが、相手は上からの指示だと言うばかりである。

「馬鹿らしか。何の役にも立たんもんば作ってどうするとですか」

不合理不条理には抗せずにいられなかったが、世間では消火のためのバケツリレー、米軍と戦うための竹槍訓練が行われていた頃である。

何もしないよりましだという理屈に押し切られ、作業を始めざるを得なかった。

Ｂ29が小郡町下町に墜落したと知ったのは、そんなうっ屈を抱えていた頃である。昭和二十年四月十八日、松隈は帰宅するとすぐに愛用のカメラを持ち、自転車で現場に急行した。

大破して煙を上げている機体の回りには、警防団や憲兵が来て立ち入りを禁じている。それを多くの住民が遠巻きにして成り行きを見守っていた。

「十一人のアメリカ兵は、みんな死んだげな」

「防空壕ば直撃したけん、中に入っとらした人たちも助からんやったらしか」

「屠龍《とりゅう》で体当たりしたとは、回天制空隊の山本少尉らしかぞ」

第1期回天制空隊隊長　山本三男三郎少尉

そんなひそひそ話が聞こえてくる。

山本三男三郎少尉は墜落後に病院に運ばれて亡くなったという者もいれば、パラシュートで脱出したが敵の機銃掃射でやられたという者もいた。

松隈は人だかりの前に出て、服の下に隠し持ったマミヤ6で写真を撮り、散乱した機体から油圧管を引きちぎって家にもどったのだった。

松隈の仕事ぶりや能力の高さは、上層部にも評価されていたようである。四月二十三日に企画課への配属が決まり、翌日から西鉄井尻《いじり》駅に近い曰佐《おさ》国民学校に出勤するようになった。

九州飛行機の一部はこの学校に疎開し、新しい機種の試作をつづけていた。

松隈の仕事は機上作業練習機白菊《しらぎく》の工程管理をするために、図面を読み込んで組立図を

撃墜され炎上し、散乱したB29（昭和20年4月18日）

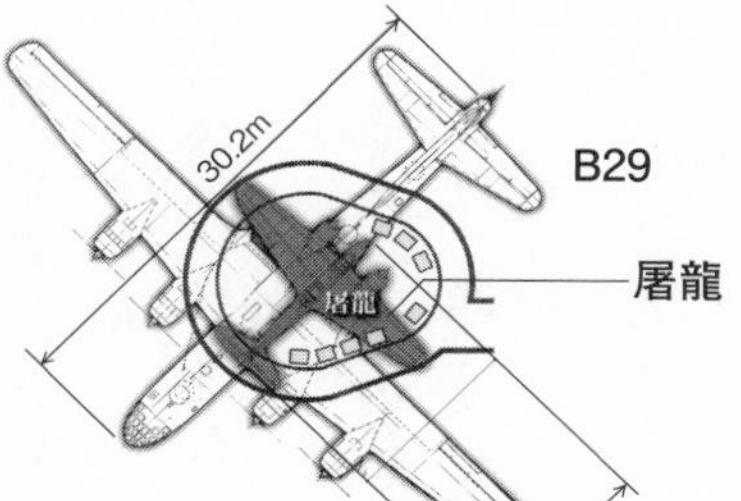

B29と屠龍の大きさ比較

描くことだった。

この頃になると図面を読める工員はほとんどいなかったので、組立図を書くことによってどんな部品を作るかを指示しなければならなかった。

この日、給料をもらった。額面六十円のうち三十円を国債購入のために天引きされ、残り三十円を支給された。

当時の精米十キロはおよそ三円五十銭だから、現代の千分の一ほどである。この換算にもとづけば、三十円は三万円ということになる。学徒動員の学生としては、悪くない待遇と言えるだろう。

ところが六月二十日には在郷軍人点呼《てんこ》、事実上の徴兵検査を受けなければならなかった。

終戦直前にも米軍機が…

在郷軍人点呼は、昭和二十年六月二十日の午前六時から久留米市で行われる。

この時間に自宅から行くのは難しいので、六ツ門《むつもん》の金文堂横の梁井《やない》薬店に泊めてもらったが、夜半に遠くから聞こえてくる爆音と、半鐘《はんしょう》を叩くけたたましい音で目が覚めた。

福岡方面が爆撃されているらしく、時々稲妻のような光が北の空に走るが、まわりの屋根に邪魔されてはっきりと見ることはできなかった。

時計を見ると午後十一時を過ぎている。福岡市と久留米市は三十数キロ離れているが、三月末の大刀洗空襲を経験した松隈嵩には、惨状《さんじょう》にみまわれる福岡の様子が想像されて心が痛んだ。

だが、できることは何もない。明朝のこともあるので、午前零時半頃には眠ることにした。

翌朝午前五時五十分、集合場所の南薫《なんくん》国民学校に行った。

空襲の影響で、福岡から西鉄電車で来る者たちは到着が遅れている。点呼（徴兵検査）の担当者も遅れているので、皆が三々五々と集まって昨夜の空襲の状況を語り合った。

飛来したB29は二百二十機、投下した焼夷弾は約千三百五十トンで、福岡市の市街地の三分の一が焼失したことが、後に明らかになる。

中でも悲惨だったのは旧十五銀行（現・博多座の場所）に避難していた六十三人が、地下室に閉じ込められたまま焼け死んだことである。

福岡から友人たちがやって来るにつれて、そうした惨状が松隈の耳にも入るようになった。焼かれた家は約一万二千戸、死者行方不明者は千人を超えるという。

そうした中で行われた点呼では、銃剣でわら人形を突く訓練をやらされ、不条理不合理の極みだと内心憤慨《ふんがい》した。だがそれを態度に出せば直属の下士官に殴られるばかりなので、黙々と命令に従うしかないのだった。

この三日後、沖縄が占領された。沖縄と北部九州との距離は約九百キロ。マリアナ諸島からの距離の三分の一である。そのためにＢ29も戦闘機もひとっ飛びでやって来るようになった。

被害は松隈の身にもおよんだ。

七月二十七日、出勤するために基山駅で汽車を待っていると、北東の旭《あさひ》化成《かせい》の丘の向こうからグラマン機が機銃掃射《そうしや》をしながら現れたのである。

まわりに身を守るものは何もない。とっさに軍隊の毛布の梱包《こんぽう》の陰に身を伏せてやり過ごしたが、ここにいては危険なので安全な場所に駆け込もうとした。

ところがすでに人がもぐり込んでいて、どこにも入れる余地はなかった。

「伏せろ、動くな」

軍服を着た警防団員が、自分は隠れながら声をかけるが、とても従ってはいられない。

駅前にあった大きな機械の陰に隠れ、グラマンの動きに合わせて反対側反対側へと回って何とか難を逃れたのだった。


昭和二十年八月六日の午後、松隈嵩が日佐国民学校で仕事をしていると、聞き覚えのある爆音がした。

「あっ、J7だ」

半信半疑でつぶやいた時、松林の向こうに見覚えのある震電試作機が現れた。

「J7だ。J7が飛んどるぞ」

そう叫んで窓際に寄ると、作業中の全員が集まってきた。

鴨のような姿をした前翼《エンテ》型の高速機がさっそうと飛び、大きく旋回して着陸態勢に入った。

自分が治具製作に関わり、広島まで行ってボルトとナットを作ってもらった震電が、ついに完成したのである。その嬉《うれ》しさに涙があふれ、震電が松林の向こうに消えた後もしばらく動くことができなかった。

同日、広島に原爆が投下され、日本はポツダム宣言を受諾《じゅだく》して八月十五日に降伏したのだった——。

◇　◇　◇

「日本が降伏したことは、どこで知りましたか」

長い取材の後で、私はそうたずねた。

「八月十五日はお盆の休みだったので、家のラジオで天皇陛下の詔勅《しょうちょく》を聞きました」

松隈嵩氏は一貫して冷静だった。

「その時、どう思いましたか」

「やっぱり負けたかとがっかりすると同時に、もう死ぬこともないというホッとした気持ちもありました」

翌日出勤しようと駅へ行ったら、下り列車は超満員、上りはガラガラだったという。博多に米軍が上陸するというデマが飛び、女子供を避難させていたのである。

「米軍が来たら何をされるか分からんと恐れる者が多かったのですが、私はアメリカの映画や音楽に触れた経験から、そういう国民ではないと分かっていましたから、無茶なことはしないと思っていました」

合理と条理に従って生きる姿勢を貫いたことが、こうした判断にもつながったのである。

「今もまだカメラをやっておられるようですね」

私は本棚に何冊かのカメラ雑誌があることに気付いていた。

「今もカメラを手離しません。この間も転んで溝に落ちた時、カメラを差し上げて守っていました」

「怪我《けが》はありませんでしたか」

「幸いかすり傷ですみました。考えごとをしながら歩いていたのが悪かったのです」

苦笑する松隈氏の横から、奥さまが、

「こだわりの深か性格ですけんね。せからしか（面倒くさい）とですよ」

愛情と本音を込めておっしゃった。

我が先輩も、奥さまの前ではかたなしのようである。

しかしそのこだわりの深さが、戦争中の苦しい時代を生き抜き、B29の墜落現場を撮影する原動力になったのだから、どうか大目に見ていただきたい。

速成されたパイロットや整備士

大刀洗飛行場の全体像をとらえるには、戦前の日本が航空戦をどのように位置づけ、どのように戦おうとしていたかを見ておかなければならない。

この問題についてコンパクトにまとめた好著がある。福岡県出身の一ノ瀬《いちのせ》俊也《としや》埼玉大学教授がまとめた『飛行機の戦争　1914―1945』（講談社新書）である。

我々はいつの間にか、戦前に海軍がミッドウェー海戦やマリアナ沖海戦で大敗したのは、大艦巨砲主義《たいかんきょほう》にこだわって空母や航空機の配備をおこたってきたからだと思い込まされてきた。

ところがそれは完全な誤りで、日本も米国との戦争に勝つには空母と戦闘機の配備が急務だと分かっていて、そのための努力を敗戦直前までつづけていた。

一ノ瀬氏は数々の事実をもとに、そう分析している。本の帯には「そして国民は、飛行機に夢を託した」とあるが、その夢とはアメリカに勝つことである。

日本の世論が開戦支持に傾いたのも、飛行機さえ大量に配備すればアメリカに負けるはずがないと主張する、軍部の理論家や在野の評論家に引きずられたからだという。

ではどうやって勝つか。その戦法は太平洋の諸島に飛行場を作り、アメリカの艦隊が攻めてきたなら出撃して痛撃《つうげき》を加える。

こうした迎撃戦をつづけていれば、長距離の移動に疲弊《ひへい》した敵を打ち破るのはたやすいし、こちらの被害は少なくてすむ。そして戦争が長引けば、敵の方が早く消耗《しょうもう》するので戦争を継続することができなくなるというのである。

こうして日米開戦必至《ひっし》となった昭和十六年（一九四一）から、零戦《れいせん》を始めとする戦闘機の大量生産とパイロットの養成が本格化した。

海軍の零戦は累計一万四百三十機、陸軍の一式戦闘機「隼《はやぶさ》」は五千七百五十一機。昭和十六年十二月から同二十年八月までの生産総数は六万五千九百七十一機で、航空業界全体では百五十万人を越える労働者がいたと推定されている。

ところがアメリカの飛行機生産数は、一九四四年だけでも十万七百五十三機にのぼるのだから、日本のリーダーたちの見込みは完全にはずれたのである。

人員の不足も深刻だった。開戦初期には長時間の訓練を受け、対中戦で戦闘経験もある優秀なパイロットがいたが、ミッドウェーやマリアナで大敗して多くを失ってしまった。

そこで東条英機《とうじようひでき》首相兼陸相は昭和十八年六月に航空超重点軍備を指示し、陸軍ではパイロットの養成数を同年秋から二倍とした。

昭和二十年前半までにパイロット二万人、その他の要員（整備士、通信士など）四万人を養成する計画である。

このために佐藤亨《とおる》氏や末吉《すえよし》初男氏のように養成期間を短縮して実戦に投入されたパイロットや、河野《こうの》孝弘氏のように、技能者養成所で速成された整備士が生まれたのだった。

第二章 信《のぶ》国《くに》常《つね》実《み》氏への取材——生き地獄を味わった整備士

取材二日目、信国常実《のぶくにつねみ》氏に会うため、福岡県筑前町《ちくぜんまち》内の病院を訪ねた。

大正十四年（一九二五）生まれの信国氏は、この時九十一歳。前の年に奥さまを亡くした上に体調もすぐれないので、入院を余儀《よぎ》なくされていた。

「半年ほど前まではお元気だったんですが、やはり奥さまを亡くされたのが痛手《いたで》だったのでしょうね」

この日も寺原裕明氏が同行し、ひと通りの予備知識を伝えて下さった。

「信国さんは昭和十五年（一九四〇）に十五歳で陸軍航空廠《しょう》（航空機の整備工場のこと）の技能者養成所に入られ、昭和十七年（一九四二）六月にフィリピンに赴任《ふにん》されました」

戦争における飛行機の重要性を痛感していた陸軍は、大刀洗《たちあらい》飛行場でも整備や点検にあたる人材を養成しようとした。

そこで昭和十三年（一九三八）に立川陸軍航空廠大刀洗支廠（分工場）を開設し、技能者を養成することにした。

この年に入った生徒が一期生。昭和十五年に入った信国氏たちは三期生で、人数は二百人ほどだった。

「フィリピンでは陸軍の軍属として、クラーク飛行場などでエンジンの整備に当たっておられました。ところが昭和十九年（一九四四）十月に日本がレイテ沖海戦に敗れ、フィリピンを維持できなくなると、マニラを脱出してルソン島の北部に向かって転進されたそうです。そして逃げ場を失ってジャングルに入り込み、投降するまでの間に筆舌《ひつぜつ》に尽くし難い苦しみを体験されたとうかがいました」

寺原氏が痛ましげにつぶやかれた。

フィリピンでの敗戦の苦難については、大岡昇平の『レイテ戦記』などで読んだことはあるが、実際に体験した人の話を聞くのは初めてである。

ちゃんと受け取めることができるだろうかと、かなり緊張して取材にのぞんだが、信国氏は気さくでおおらかな方だった。

肺の病気らしく鼻に酸素吸入器をつけ、車椅子に乗っていたが、血色も良く声にも張りがあった。

「よう来て下さった。遺言のつもりで話しますけん、何でも聞いて下さい」

はっきりとした話し方から、自分の腕に自信と誇りを持っていたことがうかがえた。

「ありがとうございます。初めに、どうして養成所に入る決意をなされたのか……」

「はあ、何ですか」

話の途中で、信国氏が体を前倒しにして聞き取ろうとされた。

「すんまっせんが、飛行機の発動機の整備ばしよった時に、爆音で耳ばやられたとです。片方がよう聞こえんもんで」

「なし養成所に入ろち思たか、そりば教えて下さい」

私は方言に切り替え、なるべく声を張るように心掛けた。

「そりゃあ、ああた。カッコ良かったけんですよ」

信国常実氏の答えは明快だった。

航空廠の制服は陸軍の軍服のようで、ぱりっとした帽子もあって少年たちのあこがれの的だった。高等小学校を出たあと、一番は航空廠、二番は飛行学校、三番は九州飛行機に志望する者が多かったという。

つまり信国氏は、一番の志望をかなえた優秀な生徒だったのである。

「その頃はまだ太平洋戦争が始まっとらんけん、のんびりしたもんやったですよ。航空廠の養成所やと費用もかからんし、戦地に行って戻ってきた者は腕が良かちゅうて、就職先にも恵まれとったです」

「発動機の整備士は、自分で希望したとですか」

「初めの一年は数学、物理、英語とかの授業と基礎的な工場実習があるとですよ。そして二年目にそれぞれの専門の分野に進むとです」

信国氏は飛行機のエンジンを見た時、この整備をしたいと切望した。

そのために人一倍努力もしたし、才能にも恵まれていたので、そちらに進むことを許されたばかりか、二年目の後期からは指導員に任じられた。

「まだ子供やったばってん、それでも七気筒《きとう》の星型エンジンば一人で分解して組立てることが出来よったけんですね。今じゃ考えられんでしょうが」

その腕の良さと真面目な人柄を見込まれ、昭和十七年六月にはフィリピンの飛行場への転属を命じられ、航空廠の仲間六十人とともに海を渡ることになった。

「いきなり命令を受け、どこに行くかも知らされんまま門司《もじ》港で船に乗せられたとです。その頃にはアメリカの潜水艦が出没しとったけん、狙われんごと赤十字の病院船に乗って行きました」

無事にマニラに着き、クラーク飛行場で整備士として働くようになった。

翌年には発動機班の班長として十数人の部下を指揮するようになったが、日本は敗戦つづきで戦局は次第に悪化していった。

「昭和二十年一月に、私だけ突然転属を命じられたとです。それはフィリピンば守りきれんけん、優秀な者だけを台湾に移動させるためやったとですが、もちろんそげなこつは知らされません」

しかし雰囲気《ふんいき》でそうと察したのか、部下たちが「班長、自分たちも連れて行って下さい」とすがりついてきた。

ところが信国氏にはその権限はないので、どうすることもできなかったという。

「残してきた者《もん》は、マニラの市街戦に巻き込まれて、みんな死にました。あの時の部下たちの顔が、今も忘れられまっせん」

信国氏は声を詰まらせ、胸をかきむしるようにして涙を流した。

日本一の整備士になるために

フィリピンにおける日米の戦争は、凄絶《せいぜつ》の一語に尽きる。

真珠湾攻撃直後の昭和十六年（一九四一）十二月二十二日、日本軍はシーレーンの確保をめざしてルソン島に侵攻し、翌年一月二日に首都マニラを占領した。

これ以後フィリピン全土をほぼ支配下におさめたが、昭和十九年六月にマリアナ沖海戦に敗れ、七月にサイパン島が陥落すると、次第に窮地に追い込まれていく。

そして十二月のレイテ島での大敗、翌年一月の米軍のリンガエン湾への上陸をへて、八月十五日に日本が降伏するまで、日米双方の将兵とフィリピン国民の犠牲者は膨大《ぼうだい》な数にのぼった。

日本軍は約四十三万人、アメリカ軍は約一万六千人、フィリピンの一般市民は約百万人といわれている（諸説あり）。

昭和十七年六月にマニラへ渡った信国常実氏は、こうした状況の真っただ中に投げ込まれた訳で、その苦難や悲惨は筆舌に尽くし難い。

「そりゃあ、ああた。地獄やったです。地獄ん中ば、はいずり廻ってきました」

そんな状況をお伝えするのはきわめて難しいが、信国氏のお話や関係資料などを参考にしながら、出来るだけ事実に即して描いてみたい。

◇　◇　◇

――小石原川《こいしわら》の土手の桜は満開だった。

この年、昭和十五年は四月になっても花曇りの肌寒い日がつづいている。そのせいか例年より花の持ちが良く、若草や菜の花におおわれた河原に立つ桜の色が映《は》えていた。

航空廠の真新しい制服を着て、白い雑嚢《ざつのう》をたすきに掛けた信国常実は、意気揚々と西太刀洗駅に降り立った。

駅から飛行場に向かって歩くと、左手に航空廠の広大な敷地といくつもの建物がある。右手にあるのが技能者養成所で、兵舎のような縦長の建物が規則正しく並んでいた。

（ここを首席で卒業し、日本一の整備士になってやる）

十五歳の信国はひそかにそんな野望を抱《いだ》いていた。

立川陸軍航空廠大刀洗支廠 技能者養成所入廠時（昭和15年4月）

昭和十二年（一九三七）七月の蘆溝橋《ろこうきょう》事件以来、中国大陸での戦争は拡大の一途をたどり、大刀洗飛行場の重要性は日ごとに増している。それにともなって優秀な整備士がますます必要とされているとは、昨日の入所式で航空廠の支廠長が話したことだった。

「いかに凄腕《すごうで》の操縦士でも、機体を整備することはできません。飛行機が万全の状態で飛べるようにする整備士の力なくしては、敵機撃墜や敵地爆撃の手柄はとうてい望めないのであります」

支廠長の訓示を聞きながら、信国は発動機の整備士になりたいという思いを改めて強くした。発動機こそ、飛行機の性能を最大限に発揮するための心臓なのだった。

技能者養成所の一期生は三十人、二期生は六十人、そして信国常実ら三期生は二百人である。

二年の養成期間を終えると一人前の整備士と認められ、航空廠に軍属として奉職《ほうしょく》することになる。

二百人の同期生の半数以上が県外から採用された者で、中には朝鮮半島や沖縄出身の者もいた。

彼らは養成所の中の寮で生活していたが、信国の自宅は馬田《まだ》（現・福岡県朝倉市）にあったので家から通勤することができた。

養成所の授業は数学や物理、英語などの基礎学力と、鏨《たがね》やヤスリ、鍛造《たんぞう》や鋳造《ちゆうぞう》などの実習に分かれていた。

基礎学力といっても、一般教養的な悠長《ゆうちょう》なものではない。整備士になるために必要な数学や物理の公式を、実際に即してどう使うかを叩き込まれる。

大刀洗技能者養成所の食堂（昭和15年）

英語は飛行機やエンジンについての、アメリカやイギリスの説明書を読めるようになることを目的としていた。

やはり最大の難関は鏨だった。

金を斬るという字は言い得て妙である。鏨の頭をハンマーで叩いて鉄板を切るので、全力で叩かなければならない。

ところが慣れないうちはどうしても鏨を持った手を叩いてしまうので、それが怖《こわ》くて全力で叩けない。すると指導の教官が飛んできて、

「貴様、そのへっぴり腰は何か。これくらい力一杯叩かんか」

そう言うなり、手にした木槌《きづち》で思いきり頭を叩くのである。

各班二十名が横一列になって実習を受けるが、毎回二、三人は気絶する者が出るほどの厳しさだった。

（あげな奴に、くらさるる〈叩かれる〉くらいなら）

自分で手を叩いたほうがましだ。皆が奮起して全力でハンマーをふるうようになり、手を血だらけにしながらも徐々に上達していったのだった。

鏨に比べれば、ヤスリやきさげ（窪みをつける加工）は楽なものである。腰をなめらかに使うので「お嬢さん仕事」などと呼んで甘く見ていたが、製品の仕上げの段階では、この腕の良し悪《あ》しが決定的に重要だった。

信国は発動機の整備士になろうと決めている。そのために必要と思われるヤスリや鋳造の実習には、特別に熱心に取り組んだ。

鋳造とは鋳物《いもの》造りである。砂などで鋳型《いがた》を造り、その中に金属を流し込んで製品に仕上げる。

発動機のシリンダーも鋳造で造るが、空冷式のものは複雑で繊細な形をしているので、鋳造技術が高くなければ造ることができなかった。

ヤスリの技術は歯車や軸を仕上げるのに欠かせない。中でも発動機の性能を高めるには、歯車の接触面がなめらかで、力の伝達のロスを最小限に抑えなければならなかった。そうした一つ一つの技術の精度の高さが、高性能の発動機を造り出し、戦争に勝利する原動力になる。信国はそう信じていた。

エンジン音を耳と体で覚える

入廠《にゅうしょう》して三カ月後、信国常実たちに朗報が飛び込んできた。

昭和十三年に発足した立川《たちかわ》航空廠大刀洗支廠は、昭和十五年七月、昇格して大刀洗航空廠になったのである。

廠長は陸軍の将官がつとめ、将校五十名、下士官百八十四名、その下に整備士となった軍属多数が従うという堂々たる陣容だった。

たとえて言えば、支社が独立して本社と肩を並べるようなものである。

しかも大刀洗飛行場は東洋一の規模を誇っているので、大刀洗航空廠となったことの喜びと誇りは、たとえようもなく大きかった。

九五式戦闘機

昭和十六年四月、信国は希望通り発動機科に進むことができた。

定員は四十名。同期生の中でも優秀な者ばかりだったが、その中でも常に五番以内に入る優等生だった。

発動機科の教材は九五式戦闘機だった。昭和十年（一九三五）に川崎航空機が作った、主翼が二枚ある複葉《ふくよう》戦闘機である。

ちなみに九五式という呼称は、昭和十年が皇紀二千五百九十五年に当たっていることに由来《ゆらい》する。九七式は昭和十二年、零戦《れいせん》は昭和十五年、一式は昭和十六年、それぞれ運用された年の皇紀にちなんだものだ。

いずれも熾烈《しれつ》な技術開発競争によって生み出さ

れたもので、運用から五、六年もすれば旧型機になる。九五式も同じで、昭和十六年になると飛行学校の練習機か、技能者養成所の教材として使われるようになっていた。

そうは言っても本物である。水冷Ｖ型十二気筒《きとう》、八百馬力の発動機は迫力があった。九五式の最大速度は時速四百キロ、航続距離は千百キロである。

発動機を始動させると、実習場に耳をつんざくような爆音が響きわたった。

「良かか。これが九五式の機嫌の良か時の音ぞ。耳と体で覚えておけ」

この音が変われば、どこかに異常があるということだ。

「貴様らがいち早くそれに気付いて整備しなければ、飛行機と操縦士は海の藻屑《もくず》となりかねぬ」

教官はそう言って皆を発動機の横に立たせ、離れることを許さなかった。

この発動機はドイツのＢＭＷ社が開発したものを、川崎航空機がライセンス生産したものだが、水冷式の箱型エンジンを飛行機の前方に積むことには問題が多かった。

「ひとつは軽量化ができないこと。もうひとつは何だ。信国」

「空気抵抗が大きいことであります」

信国は発動機の音に負けないように大声を張り上げた。

「よろしい。そこで新しい発動機が開発されることになった」

教官は発動機を停止させ、皆を隣の実習場に連れて行った。

そこには空冷九気筒の星型エンジンが置かれていた。


星型エンジンとは、プロペラを回すための軸《クランクシャフト》を中心にして、シリンダーが放射状に並べられているエンジンである。

最初は五つのシリンダーを並べたものが輸入され、これが星の形に似ていたことから星型エンジンと命名された。

実習場に置いてあるのは九気筒。中島飛行機がイギリス製のエンジン「ジュピター」のライセンスを獲得して生産したもので、寿《ことぶき》と呼ばれたのはジュピターに寿の字をあてたからだと言われている。

ちなみに、大刀洗平和記念館に展示してある九七式戦闘機にもこのエンジンが使われていて、展示室の入口にも九気筒のエンジンが置かれている。

「星型エンジンはアメリカのサミュエル・ラングレーが開発したもので、欧米では放射状エンジンと呼ばれている。これを英語で何というか、分かる者はおるか」

「教官、Ｒａｄｉａｌ　ｅｎｇｉｎｅであります」

大谷《おおたに》というすらりと背の高い同期生が答えた。びっくりするくらい、いい発音だった。

「その通り。それではこのエンジンの優れた点は何だ」

「星型に配することで空冷効率を良くすることと、クランクシャフトを短くできることだと存じます」

「よろしい。他に何か気づいた者はおらんか」

信国常実は大谷の優秀さに負けまいと、エンジンをにらみながら考えたが、答えを見つけることはできなかった。

シリンダーが放射状に並んだ星形エンジン

「クランクシャフトに放射状に気筒を配することで、振動バランスが良くなることだ」

教官は皆の顔を見回し、助手にエンジンを始動するように命じた。

ドッ、ドッ、ドッという始動音がして、エンジンが高速で回転し始めた。なめらかな回転音で、教官の言う通り、ほとんど振動しない。何でこんなことに気付かなかったかとほぞを噛《か》みながら、信国はエンジンの音に耳を傾けていた。

発動機科に進んでからは、信国も技能者養成所の寮に入った。勉強と実習で忙しく、通学する時間がもったいないからである。

ある日、寮の洗濯場に行くと大谷がいた。たらいと洗濯板を使って、作業着や下着を洗っている。信国も横に並んで洗濯を始めた。

「大谷君は、なしてあげん英語ば話せるとね」

教室や実習場では顔を合わせていたが、親しく話すのは初めてだった。

「父が商社マンやったけん、七つまでニューヨークにおったとよ」

「出身はどこね」

「熊本の山鹿《やまが》。灯籠《とうろう》まつりのあるとこたい」

「行ったこつのあるよ。大宮《おおみや》神社やろ」

二人は洗濯しながらしばらく話をし、すっかり打ち解けた仲になったのだった。

満州事変、そして日米戦争へ

昭和十六年の夏は、夏休み返上で実習にあたった。

いよいよ九気筒星型エンジンの分解、組立て作業が始まったのである。

まず教官と助手が、部品の名称と役割を説明しながら分解する。それを信国常実たちは懸命に図に写し取り、説明を書き加えていった。

「エンジンは気筒の中でピストンを上下させ、燃料を圧縮して爆発させることで動力を生み出す。そのためには吸気《きゆうき》や排気のバルブ、燃料に点火するためのプラグなどが必要だが、それはすでに学んできた通りだ。そこでこの実習では周辺装置は抜きにして、中心部分の分解と組み立てを習得してもらう」

周辺装置をシリンダーヘッドからはずし、シリンダーそのものをエンジンから取りはずした。

すると、ピストンをつけた九本の軸が現れた。これがピストンの動力をプロペラを回す軸《クランクシャフト》に伝えるコンロッド（連接棒）と呼ばれるものである。

コンロッドからピストンをはずすと、両者をつないでいるコンロッドの頭だけが、エンジン本体に開いた穴から見えた。

それが動く様子を分からせるために、教官は工具を使ってプロペラの軸を回してみせた。

まるで、穴からもぐらが頭を出すように、コンロッドの頭が順番に突き上げてきた。

「これが、星型に配置されたエンジンがプロペラの軸を回す仕組みだ。コンロッドによって軸が回されているのが分かるから、のぞいてみろ」

言われた通り皆が交代でのぞき込んでみたが、中の仕組みは複雑で、どうなっているのか良く分からなかった。

そこで教官は、動力を伝える部分をおおったクランクケースから、前方につけた減速機のケースを取りはずした。

そうすると、コンロッドがプロペラの軸を動かしている仕組みが良く分かった。

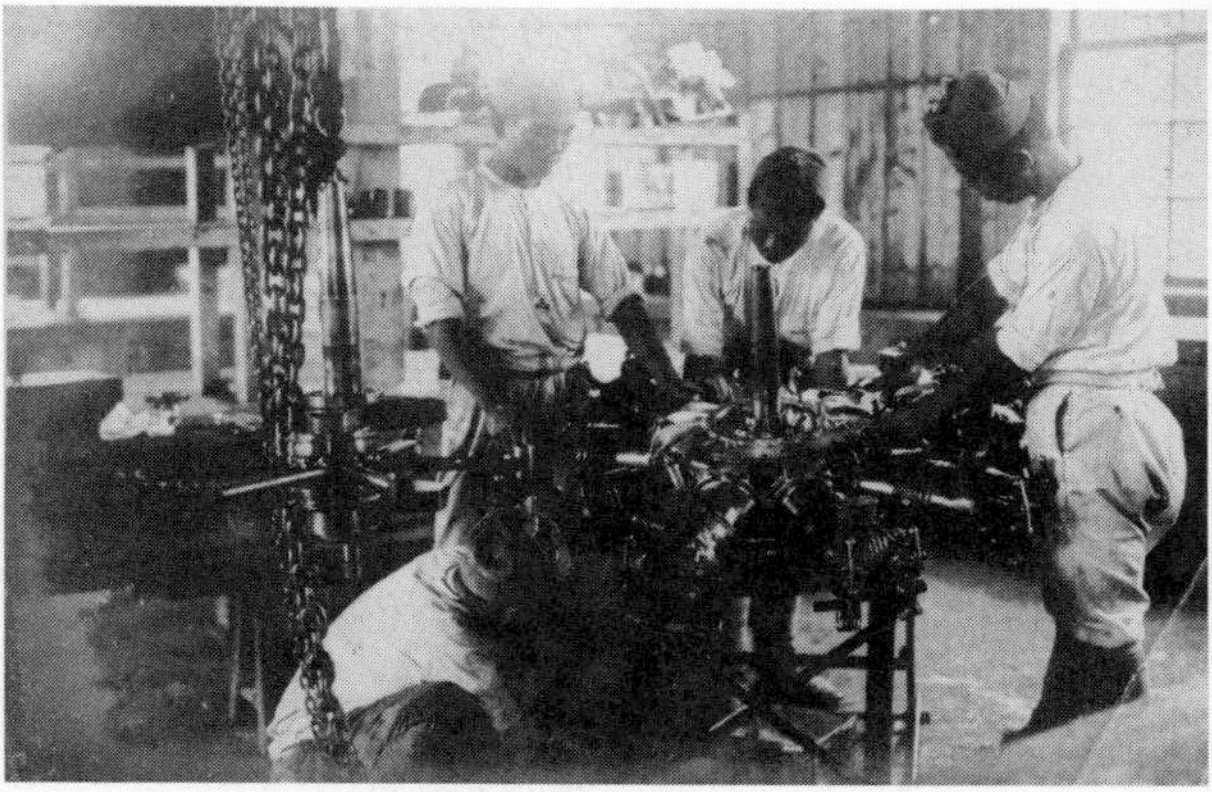

サルムソン230馬力発動機の組み立て作業

「プロペラの軸はこのように、コの字形になっている」

教官は黒板にチョークで図面を書き、コの字になった所にコンロッドを取りつけて軸を回転させると言った。

並列型のエンジンは、ピストンの動力を直接軸に伝えているが、星型エンジンの動力はコンロッドに集め、力をひとつにしてクランクシャフトを回すのである。

これが空冷効率を上げたり振動バランスを良くしたり、クランクシャフトを短くすることができた要因だが、九個のピストンの力をコンロッドに集めて円滑に回転させるのは至難《しなん》の業《わざ》だった。

「これがマスターコンロッドと言い、シャフトと直接つながっておる。他はリンクコンロッドといい、マスターコンロッドにつなげることで動力をひとつにしているのだ」

この頃はまだ日米戦争は始まっていない。教官も自由に英語を使いながら指導をしていたのだった。


やがて星型エンジンの理屈は分かるようになったが、これはコンロッドに大きな負荷《ふか》がかかるシステムなので、修理や整備をするのはきわめて難しかった。

コンロッドを九つのシリンダーで回転させるには、ひとつおきに点火させていかなければならない。

第一から第九気筒まで順番に点火すると荷重のバランスが悪くなるので、一、三、五、七、九、二、四、六、八の順に点火する。

それに従って、カムシャフトで吸気と排気のバルブを開け閉めしなければならないし、点火のタイミングを瞬時も狂わせてはならない。

エンジンの中には常に潤滑油《じゅんかつゆ》を循環させ、ピストンやクランクシャフトが焼け付いたり摩耗《まもう》したりしないように、油を通すための特殊な溝をもうける必要もある。しかも九気筒ならまだ良かった。

やがて戦闘機のスピードや航続距離を上げるために、七気筒を並列にした十四気筒、九気筒を並べた十八気筒のエンジンを使用するようになったのだから、修理や整備の難しさは想像を絶するほどである。

だが、信国常実や大谷らは厳しい実習や教育に耐え抜き、七気筒や九気筒なら一人で分解、組立てが出来るようになった。

初めて自分が組立てたエンジンが、なめらかな回転音を立てて動くのを見ると、感動が体を突き抜けてしばらく動くことができないほどだった。

この頃、日本は中国との戦争の泥沼に踏み込み、身動きが取れなくなりつつあった。

原因は、昭和六年（一九三一）に起こした満州事変である。これに対して中国政府は、日本軍の撤退を求めて国際連盟に提訴した。国連はこれを受けてリットン調査団を派遣し、その報告にもとづいて、日本に満州から撤退するように勧告した。

日本はこれを不服として昭和八年（一九三三）三月に国際連盟を脱退し、中国に対する軍事行動を際限もなく拡大していく。そして昭和十二年七月の蘆溝橋事件をきっかけに、戦争状態となったのである。

このため世界の批判と非難にさらされるようになり、昭和十三年九月から国際連盟加盟国による対日経済制裁が開始されることになった。

東南アジア方面からの輸入に依存していた原油やゴム、鉄鉱石などが輸入できなくなり、日本は国家存続の危機に立たされた。

これを日本は、A（アメリカ）、B（ブリテン・イギリス）、C（チャイナ・中国）、D（ダッチ・オランダ）包囲網と呼び、これらの国が国家の生存権をおびやかしたからと、太平洋戦争に突入していくことになる。

現代でも、国家の生存権がおびやかされたから戦うしかなかったと主張をする識者がいるが、満州事変からの経緯をつぶさに見れば、そうではないことは明らかである。

今も国際的な非難を受けて経済制裁を受けている国がいくつかあるが、彼らが制裁を間違ったものとし、国家の生存権のみを主張して他国への侵略を始めたら、はたして国際的な支持が得られるだろうか。

中国との戦争による負担と国際的な経済制裁に苦しんでいた日本は、ヒトラーのドイツ、ムッソリーニのイタリアと、昭和十五年九月、日独伊三国同盟を結ぶことで活路を見いだそうとした。

ドイツは、この年六月にフランスを事実上占領するほどの勢いを示していて、イギリスと激戦をくり返していた。

そのドイツと日本が恐れていたのが、アメリカが敵となって参戦してくることである。そこで三国同盟を結ぶことで牽制《けんせい》しようとしたが、これはアメリカを敵対勢力と決めつけることであり、日米両国の対立を激化させることになった。

アメリカは、中国への支援や日本への経済制裁を強化したばかりでなく、国内外での日本の経済活動の締め付けを強めていった。

日本製品のボイコットや商取引の禁止、資産凍結などによって追い詰められた日本は、航空兵力があればアメリカに勝つことができるという世論を醸成《じょうせい》し、昭和十六年十二月八日に真珠湾攻撃に打って出た。

第一報はその日のうちにラジオのニュースで放送され、技能者養成所の寮にいた信国常実たちも知ることになった。

そして翌日、翌々日と詳しい情報が新聞によってもたらされた。

日本海軍は十二月八日の未明（現地時間十二月七日の日曜日、午前八時頃）、オアフ島真珠湾のアメリカ海軍太平洋艦隊を攻撃し、戦艦四隻を沈没、一隻を座礁《ざしょう》、三隻を損傷させ、航空機約百八十八機を損失、損傷させる戦果を上げた。

この知らせに日本中が狂喜した。長い間日中戦争の負担にあえぎ、その元凶《げんきょう》がアメリカであると教え込まれていただけに、頭上の暗雲が一度に晴れて未来が開けた思いがしたのである。

それは信国らも同じだった。まだ十六歳の青年には詳しい事情は分からなかったが、アメリカが日本に対して非道な締め付けを行なっているという報道は目にしていたし、後に鬼畜米英《きちくべいえい》と呼んだ反米英世論も形成されつつあった。

それだけに仇《かたき》の首を取ったような爽快感《そうかいかん》と、アメリカとも互角以上に戦えるという自信と誇りに酔い痴《し》れた。

しかも成功の主役が日々関わっている航空機だけに、喜びもひとしおだった。

「知っとーや。攻撃の指揮ばとったとは、山本五十六《いそろく》連合艦隊司令長官げなぜ」

「航空部隊は三千メートル上空から二百五十キロ爆弾を投下し、敵艦の甲板《かんぱん》に命中させたとぞ。神業《かみわざ》やろが」

「そーたい。よっぽど腕の確かな人たちやないと、こげなこつはしきらんくさ」

寄ると触るとそんな話でもちきりである。中でも皆がひときわ感激したのが、特殊潜航《せんこう》艇《てい》の活躍だった。

フィリピン占領で運命が変わった

真珠湾攻撃で活躍した特殊潜航艇とは、魚雷攻撃をするための小型潜航艇のことである。

航空機の攻撃だけでは太平洋艦隊に壊滅的な打撃を与えられないと考えた日本軍首脳は、二人乗りの特殊潜航艇五隻を出撃させ、真珠湾内に潜入させることにした。

このうち一隻が戦果を上げ、三隻は沈没、一隻が座礁したとされ、座礁した潜航艇に乗っていて捕虜となった一名以外は、全員が戦死した。

そこで国は、この九名を九軍神とたたえて戦意発揚《はつよう》をおこなったが、その中に佐賀県三養基《みやき》郡旭《あさひ》村（現・鳥栖《とす》市）出身の広尾彰《ひろおあきら》大尉（二階級特進、在命中は少尉）がいたのである。

『特攻残記』を書いた佐藤亨《とおる》氏が広尾大尉と同じ中学の出身で、九軍神になったことに影響を受けて、少年飛行兵に応募したという話を前に紹介した。

そうした影響は信国常実たちも受けていて、国のためなら命を捨てるのが当たり前だという覚悟と決意がはぐくまれていったのである。

「信国、お前は親と先祖に感謝せないかん。お前の名前は、国を信じ常に実るという意味ぞ」

教官から言われて内心得意になっていたものだが、友人たちの中で一人だけ、こうした熱狂の外に立っていた者がいた。

アメリカ帰りの大谷である。

こうなると英語が得意だったことが災いして、心ない同級生からはアメリカに帰れとか、スパイではないかなどと誹謗《ひぼう》されていたのだった。

「気にすることたなかよ。あやっどんな（あいつらは）大谷君の優秀さをやっかんどるだけやけん」

大谷を孤立させまいと、信国は積極的に声をかけた。

「気にはしとらん。アメリカと戦争を始めたことが怖《えす》かだけよ」

「そげなこつはなか。真珠湾で太平洋艦隊を壊滅させたけん、アメリカは日本には攻めてききらんよ」

「信国君はアメリカの実力を知らんからそげなこつば言うとよ。アメリカの国土は日本の二十五倍、工業生産力は十倍くらいあるとに」

中国との戦争だけで手一杯だった日本が、アメリカやイギリスまで相手に戦争したら勝てるわけがない。大谷は冷静にそう分析していた。

「そうかんしれん。ばってんそげなこつば、他の奴らに言うちゃでけんよ」

信国は大谷の身を案じて釘をさした。

国民の熱狂に押されるように、日本軍は快進撃をつづけた。

昭和十六年十二月二十二日には、アメリカ領だったフィリピンのリンガエン湾に上陸し、翌年一月二日には首都マニラを占領した。

また、昭和十六年十二月中旬にはイギリス領ビルマに侵攻し、翌年の三月八日には首都ラングーンを占領した。

こうして日本は、アジア民族による大東亜《だいとうあ》共栄圏《きょうえいけん》を確立し、南方の石油や鉄鉱石などを確保して、アメリカ、イギリスとの戦争に勝ち抜こうとしたのだった。


日本のフィリピン占領は、信国常実や大谷の運命を変えた。

養成所で二年間の訓練を受けた後、昭和十七年五月に第十三野戦航空修理廠に所属する軍属として、マニラに派遣されることになった。

それまでは希望者をつのって派遣していたが、気候も風土もちがう最前線に行きたがる者はあまりいない。しかし日本軍は、ビルマや中国方面の戦いで爆撃機を多用していたので、整備をする者が不可欠だった。

養成所と大刀洗航空廠から選抜された技術者六十人は、アメリカ軍の攻撃をさけるために赤十字船に乗って門司港を出港した。

どこに行くかも知らされないままの出港で、敵の偵察機に不審を持たれないよう、甲板に出る時には必ず白衣に似せた白服を着用するように命じられていた。

当時、敵潜水艦の魚雷攻撃にあって沈没することを、ボカチンと呼んだ。ボカンと当たって沈没するからだろうが、信国たちもいつボカチンにあうかと心配しながら南へ向かった。

着いたのは台湾の高雄港《たかお》である。赤十字船は、ここの病院にいる負傷者を収容するために差し向けられたものだが、空《から》で行くのはもったいないこともあって、信国たちを乗船させたのだった。

高雄やその近くの屛東《へいとう》飛行場で一カ月ちかくを過ごし、六月下旬にマニラ湾に着いた。湾の入口にはコレヒドール島があり、島の回りにはフカが勢い良く泳ぎ回っていた。

小さな島は激しい砲撃を受けて岩肌がむき出しになり、内部にはぶ厚いコンクリートで作った要塞の跡がのぞいていた。

「あそこには、マニラ湾を守るための米軍の要塞があった。軍司令官のダグラス・マッカーサーもあの要塞で戦ったが、守り切れないと判断して脱出した」

輸送船の将校がそう説明した。

コーンパイプで有名なマッカーサーが「I shall return」と言って退却したのは、その時のことである。

「脱出した時、要塞には多くの守備兵が残っていた。彼らは我が軍の砲撃や爆撃によって行き場を失い、海に飛び込んで逃げようとしてフカの餌食《えじき》になった。今もこうしてフカが泳ぎ回っているのは、その時に味をしめたためだ」

マニラ湾の西、コレヒドール島の北側にはバターン半島が横たわっている。日本軍がマニラを占領した時、アメリカ軍とフィリピン軍はこの半島にたてこもって最後まで戦い、多くが死傷したり捕虜となったのだった。

信国らは上陸後にクラーク飛行場（現・クラーク国際空港）に直行したが、度肝《どぎも》を抜かれたのは規模の大きさである。大刀洗飛行場は東洋一だと自負していたが、目の前に広がる飛行場は優にその三倍はある。

しかも滑走路はぶ厚くコンクリートで舗装《ほそう》され、美しい白線が引かれている。日本では見たこともない整備ぶりだった。

不正の嫌疑をかけられるも…

信国常実はすぐに整備工場に配属されると思っていたが、飛行場を警備するために駐留している将校付きの当番兵を命じられた。

将校の身の回りの世話をする召し使いのような役で、食事の用意から褌《ふんどし》の洗濯までしなければならない。

しかも将校が夜間に飛行場周辺の見回りに出る時には、銃を持って同行するように命じられた。

「よいか。不審者を見かけたなら、誰か、誰か、誰かと、三度誰何《すいか》せよ。それでも返事がなければ撃て」

二十代半ばの少尉がそう命じた。

(ばってん、現地の人やったら日本語が分からんとじゃなかですか)

信国はそう思ったが、上官に質問ができるような雰囲気ではなかった。

アメリカは昭和二十一年（一九四六）にフィリピンの独立を認める方針で、フィリピン軍の創設と訓練に取りかかっていた。

その矢先に日本軍が侵攻してきたので退却せざるを得なくなったが、フィリピン軍の一部は野《や》に潜《ひそ》み、抗日ゲリラ戦をつづけていた。

そうしたゲリラからの攻撃に備えて、飛行場のまわりに監視所をもうけ、夜間には巡回をつづけて不審者の接近に目を光らせていた。

信国が巡回している時も何度か銃撃戦があり、飛行場にロケット弾が撃ち込まれた。それが暗闇の中で花火のように飛ぶのを見ると、戦場に来たことを実感して体が震えた。

ある日、監視所の兵が五人の捕虜を連れてきた。いずれも二十歳《はたち》ばかりの現地の青年で、肩から下げた雑嚢《ざつのう》に衣類などを入れていた。

監視所の兵はゲリラではないかと疑ったが、武器は持っていない。日本語も通じないのでどうしたものかと困りはて、警備本部に連行してきたのだった。

いつもはこうした事態に備えて、タガログ語と英語ができる通訳を本部に勤務させている。ところがこの日は、あいにく通訳が他の将校に同行して外出していたので、誰も取り調べができる者がいなかった。

将校は少しは英語ができるようで、五人が北の方の村から仕事のためにやって来たことくらいは分かったが、それ以上のこみ入った話になるとお手上げだった。

「明後日には通訳がもどる。それまで営倉《えいそう》にぶち込んでおけ」

将校は腹立たしげに命じた。

この時、信国の頭に大谷の流暢《りゅうちょう》な英語の発音がよぎった。彼は飛行場内の整備工場に配属されているのである。

「少尉殿、私の同期生に英語が話せる者がおります」

信国は勇気をふるって申し出た。

すぐに連れて来いということになり、作業着姿の大谷を本部まで案内した。

結果は吉と出た。

大谷は、甲高《かんだか》い声で早口にしゃべるフィリピンの青年の英語を聞き取り、彼らが親戚の小父《おじ》さんを頼り、仕事を求めてマニラに向かう途中だということを聞き出した。

ところが途中で道に迷い、知らない間に飛行場に近付いていたという。

大谷は青年から小父さんの会社の電話番号を聞き出し、確かめてみたらどうだろうかと将校に進言した。

「許す。お前がかけてみろ」

大谷が電話すると、小父さんの会社は日本軍の求めに応じて労働者を派遣していることが分かった。しかも取引相手は陸軍の航空部隊で、飛行場の整備などが主な仕事だった。

小父さんはさっそく車を飛ばしてマニラから駆け付け、五人を引き取っていった。この的確な措置《そち》は陸軍上層部の耳にも達し、将校は大いに面目《めんぼく》をほどこした。

そこで、大谷を当番兵にして通訳にあてると同時に、信国常実は整備工場に班長として配属されたのだった。

最前線での飛行機の整備の難しさは、聞きしに勝《まさ》るものだった。

クラーク飛行場は東南アジア最大の拠点なので、タイやビルマ、中国南方、南洋諸島に展開している飛行機が次々と飛来し、エンジンの不具合を訴える。

戦闘機も爆撃機も偵察機もあるし、形式も古いものから新しいものまでさまざまである。しかも戦闘や着陸時に破損したものもあって、修理や整備の仕方もひとつひとつちがう。

その中で信国が担当したのは九七式重爆撃機だった。三菱重工が開発した双発式（機体の両翼にエンジンがある）の爆撃機で、最高速度は時速四百七十八キロ、航続距離は二千七百キロ、爆弾の最大積載量は一トン。生産総数は約二千機である。

エンジンは十四気筒。中国の重慶《じゅうけい》爆撃やフィリピン進攻作戦にも使われた陸軍の花形爆撃機で、この頃にもビルマから重慶方面への敵の補給路を断つ作戦に盛んに使われていた。

一日に二機も三機も修理を求めて飛んでくる。中には飛べなくなった飛行機のエンジンを積んで、これも一緒に修理しろというのだから、朝から晩まで休む暇もないほどだった。

この困難な仕事に、十七歳の信国は十数人の部下をひきいて果敢に立ち向かった。この頃にはまだ資材は充分にあったし、破損したシリンダーを鋳造するための工場もあった。

何より、日本の快進撃を俺たちが支えているという気概に満ちあふれていて、部下たちと一丸となってめざましい成果を上げていった。

ところが敵は身方の中にもいる。信国らの活躍を妬《ねた》んだ他の班の者たちが、信国の所にだけ資材を回すのは不公平だと言い出した。

しかも信国は大谷を通じ、陸軍将校の伝《つて》で不正に資材を入手していると、航空廠の上司に訴えたのである。


信国常実が不正の嫌疑《けんぎ》をかけられたのには理由があった。

タイのドンムアン飛行場から飛んできた九七式重爆撃機二機のエンジンが、いずれもピストンの損傷を起こしていた。

あまりに酷使《こくし》したために、ピストンがすり減ったり高熱によってゆがんでいたのである。そのため燃料が爆発するときにシリンダーを密閉できず、出力不足を起こしていた。

「こりゃあ、もう使いもんにならん、全部ピストンば替えんといかん」

信国はそう判断したが、二機で五十六個ものピストンが必要である。そこで上司に請求したが、在庫が不足しているので二十八個のピストンしか出せないという。

「程《ほど》の良かとば残して、二十八個だけ取り替えよ」

そう言う上司に信国は猛然と喰《く》ってかかったが、無い袖は振れないの一点張りである。そこで大谷を通じて将校に頼み、マニラ航空廠から二十八個のピストンを取り寄せたのだった。

整備士としては立派な対応である。

だが第十三野戦航空修理廠の上司どもが、管轄《かんかつ》のちがうマニラ航空廠から資材を取り寄せたのは越権行為だ、懲戒《ちようかい》処分にすると言い出した。

「良かですよ。あんたどんがそげんふうたんぬるか、いい、い（生半可《なまはんか》な）こつば言うなら、どげな処分でもすりゃ良か。そんかわり国の宝である飛行兵ば粗末《そまつ》にするごたる上司のもとで、これ以上働くこつはできません。信国は今日から、一切の仕事ばやめさせてもらいます」

啖呵《たんか》を切って宿所に引きこもった。すると班員全員が信国と行動を共にしたのである。

これには上司たちは真っ青になった。信国班に休まれては整備能力が大きく落ちる。軍から責任を問われることになるし、信国の口から真相が伝われば、軍法会議にかけられかねない。

しかしここで信国の言い分を通したなら、自分たちの面目は丸潰れだし、皆の前で赤っ恥《ぱじ》をかくことになる。上司たちは内々に宿所を訪れて説得しようとしたが、信国は頑《がん》として応じなかった。

そうしたせめぎ合いが七日ほどつづいた頃、大谷が部屋を訪ねてきた。上司たちは深く反省しているという始末書を将校に出し、取り成しを願ってきたのである。

「もう許してやらんね。困っとるとはみんな一緒やけん」

将校が二人で飲めとビールを三本差し入れたと聞き、信国は折れることにした。その夜は自腹を切ってビールを五本買い足し、班員を集めてヤシの木の下で溜飲《りゆういん》を下げたのだった。

それから二年、信国は自他共に認める腕利きの整備士として活躍したが、昭和十九年二月にマニラ東部のパシグに転属を命じられた。

三百人以上の整備士のうち二十人だけ

信国常実たちの運命が暗転したのは、マニラから東に約二千六百キロ離れたマリアナ諸島において、日本軍が敗退したためだった。

アメリカは日本との戦いに本腰を入れ、昭和十九年六月にサイパン島への攻撃を開始した。そして一月ほどの激戦の末に、約三万人と言われる日本軍守備隊を壊滅させたのである。

東京からサイパンまでの距離はおよそ二千四百キロで、ここを奪われたならB29の爆撃射程に日本が完全に入ってしまう。そこで大本営はマリアナ諸島を絶対国防圏と定め、サイパン、テニアン、グアム島に七万ちかい守備部隊を展開し、死守する構えを取った。

対するアメリカ軍は、太平洋方面最高指揮官のチェスター・ニミッツ大将が指揮する太平洋艦隊と、約六万の陸軍部隊を投入して攻め寄せてきた。

日本海軍はこれを阻止しようと、六月十九日から二十日にかけて、マリアナ沖で海戦を挑んだ。ところが空母三隻、潜水艦十七隻、航空機四百七十六機（損害については諸説あり）を失う大敗を喫した。

そのために制海権も制空権も失い、サイパンにつづいてグアム、テニアン島が陥落した。この一連の戦いでの日本軍の犠牲者は、六万人ちかくになると言われている。

アメリカ軍の次の目標は、フィリピンを奪還することだった。まず日本軍の飛行場や港湾設備を破壊しようと爆撃を開始した。

マニラが初めて空襲されたのは、この年九月になってからである。

つづいてアメリカとオーストラリア海軍が合同し、レイテ島へ侵攻。この作戦に投入した戦力は航空母艦十七隻、護衛空母十八隻、戦艦十二隻、重巡洋艦《じゅうじゅんようかん》十一隻、軽巡洋艦十五隻、駆逐艦《くちくかん》百四十一隻、航空機約千機だったという。

対する日本の戦力は乏《とぼ》しく、十月二十日から二十五日までの海戦で大敗し、出撃した航空母艦四隻すべてを失った。また航空機六百機も大半が帰還できなかった。

この大敗北に愕然《がくぜん》とした大本営の首脳部は、自軍の損害を少なく、敵の損害を大きく発表した。戦果を正確に把握《はあく》することさえできなかったので、互角に戦ったように見せかけて自分たちの失策を隠そうとしたのである。

これは多くの国民をあざむいたばかりか、自軍の将兵の判断をも狂わせることになった。大本営発表を信じた前線の指揮官たちは、沈んだはずの戦艦から砲撃を受け、撃ち落としたはずの飛行機から爆撃を受けるようになった。

昭和十九年の末になると、信国らはパシグからマニラに移るように命じられた。そして新年一月早々、信国だけがマニラ航空廠の本部に出頭するように命じられた。

理由は伝えられなかったが、マニラを維持できないと判断していることは何となく分かった。

命じられるまま荷物をまとめて宿所を出ようとすると、

「班長、俺たちも連れていって下さい」

班員十数人が信国常実を取り囲んだ。すでに荷作りをしてゲートルを巻いている者が半分ちかくいた。

「命令やけん、そげな訳にはいかん。すぐにもどって来るけん、あるだけの資材をまとめちょってくれ」

信国はとっさに方便を使った。

資材をまとめておけと言えば、班員たちもそれを取りにもどって来ると信じるだろうと思った。それは班員たちを安心させるためでもあったが、嘘をついたことが一生の悔恨《かいこん》として信国の胸に残ったのだった。

航空廠の本部に行くと、すぐにマニラ郊外の集合場所に向かえと地図を渡された。カロカンという町で、そこから北へ向かう幹線道路がある。

やはりそうかと思いながら一昼夜歩き通し、集合場所に着いた。そこには航空廠の整備士や将校ら三十人ほどが集まっていて、これから一団となって行動せよという。

その中には、クラーク飛行場の将校と大谷もいた。また、一団の指揮をとるのは、マニラ航空廠で工場長をつとめていた出口中尉だった。

「大谷君、これからどげんなっと」

信国は身を寄せて小声でたずねた。

「台湾に転進するとげな。これからエチャゲまで行って、友軍機が迎えに来てくれるとを待つらしか」

「航空廠でたったこれだけね」

「輸送機に乗せられる人数は限られとるけん、どうしようもなかとよ」

大谷はそう言ったが、全部で三百人を超える整備士の中から二十人ばかりとは、あまりに理不尽な切り捨て方だった。

その日の夕方、武器、弾薬、資材を乗せたトラック二十台ばかりが、敵に発見されないように夜陰《やいん》に乗じて北へ向かった。

信国らが乗ったトラックも、でこぼこの路面を右に左に揺れながら走りつづけたが、残してきた班員たちのことを思うと一睡もすることができなかった。

夜が明けた頃、ルソン島の北と南を分けるバレテ峠にさしかかった。

荷を満載したトラックは坂道を登ることができない。そこでみんなでトラックから降り、後ろから押してかろうじて峠を越えた。

峠を越えれば、カガヤン川の支流にそった道を下っていくばかりである。そうして広々とした平野の中心部に位置するサンティアゴ市（現在の人口約十四万人）を通り抜け、カガヤン川を越えた所にあるエチャゲ飛行場に着いた。

すでに第四航空軍の司令官である富永《とみなが》恭次《きょうじ》も避難していて、飛行場周辺には千人ちかい軍人、軍属が友軍機の迎えを待ちわびていた。

その中で真っ先に飛行機に乗ったのは、富永と彼の側近たちだった。

エチャゲから脱出しようとしていることを、アメリカ軍に察知される前にと思ったのだろう。富永恭次は重要書類を持ち側近たちを連れて、一月十六日に九九式軍偵察機に乗って台湾に向かった。

たとえは悪いが、倒産寸前の会社から社長以下部長まで、責任を放棄して逃げるようなものだ。後に残った千名ばかりは、指揮命令系統を失ったまま迫り来るアメリカ軍のただ中にほうり出されたのである。

それでも一月あまり、皆は友軍機が来ると信じてエチャゲにとどまっていた。すると二月の深夜、九七式重爆撃機がやってきた。爆弾のかわりに人を乗せれば二十人ちかくが搭乗できる。

信国常実と大谷は、深夜の水汲みにカガヤン川に出ていた。すると聞き慣れたエンジン

太平洋戦争当時のフィリピン
南シナ海
太平洋
アパリ
トゥゲガラオ
ルソン島
リンガエン湾
エチャゲ
バレテ峠
サンホセ
クラーク
バターン半島
マニラ
コレヒドール島
ミンドロ島
サマール島
セブ島
レイテ島
レイテ湾
パラワン島
スリガオ
ミンダナオ島
ダバオ

音がして、山の上にかかる満月を背にして友軍機が着陸態勢に入った。

そのまま夜間着陸を敢行していれば無事だったかもしれない。ところが不慣れなパイロットだったのか、着陸を知らせるための明りを点滅させた。

「ありゃ、危なかね」

信国が案じた直後にアメリカ軍の戦闘機がどこからともなく現われ、友軍機を一瞬にして撃墜した。それ以来、迎えの飛行機が来ることはなくなったのだった。

行き場をなくした千名ばかりは、カガヤン川の下流にあるトゥゲガラオの飛行場に移動することにした。ここに友軍機が来るという噂が流れたからである。

それも嘘だと分かると、カガヤン川の河口にあるアパリ港に向かうことにした。海軍の潜水艦が迎えに来るという噂だったが、すでに港はアメリカ軍に占領され、上陸軍が南に向かって進撃を始めていた。

信国たちは行き場を失い、食糧も装備もないまま、カガヤンバレーの西側につづく山岳地帯に逃げ込むことになった。

昭和二十年（一九四五）六月頃のことだった。

「カガヤン川ぞいは穀倉地帯やったし、水もあったけんまだ良かったですよ。ところがあた、ジャングルに入ってからは、どげんもこげんもならんやったと」

信国常実氏は苦笑なされた。

あなたに話してもらっても、分かってもらえないだろう。そう言いたげな深い諦めのこもった笑みだった。

◎　◎　◎

「真夏のジャングルでしょうが。食糧もなかけん、飢えて体力を失う。水は地面にたまった雨水しかなかけん、下痢《げり》はするし赤痢《せきり》やマラリアにかかる。服は汚れ放題でシラミやダニ、山ヒルがつく。しかも上空にはアメちゃんの偵察機がおって、無線で艦隊に位置ば知らすっとでしょうたい。数分もせんうちに艦砲射撃が雨あられのように降ってくるとですよ」

だから日中はじっと身をひそめ、夜になって移動するようにしたが、どこへ向かえばいいのか誰にも分からなかったのである。

「そうやって行く当てもなく生きる当てもないまま、二、三カ月ばかり山の中をさまよっちょったですかね」

食糧は何もない。草や木の根を煮たり、トカゲやヘビをつかまえて食べた。時には食糧当番が山の獣を撃ち、皆で分け合って食べたこともあった。

「我々の隊長だった出口中尉が良か人で、階級や立場に関係なく皆で協力するという姿勢じゃったけん、まだ良かったとです。それでも三十人のうち五、六人しか生き残れんじゃった。友人の大谷とは行軍中によりかかるようにして助け合ってきたばってん、投降する二、三日前に死にました」

エチャゲから行った千名のうち、おそらく一割も生きてはいないだろう。そう言って信国常実氏は悲しげに首を振った。

九月中頃になり、アメリカ軍がまいたビラによって日本が降伏して戦争が終わったことを知った。

そこで投降することになったが、その直前のことについて信国氏は、「それぞれの一生」と題する手記の中で次のように記している。

〈二、三日かけてとある場所の小屋に着き、赤痢がひどいので、誰か鳥を捕ってきたので、血の補給にと思い、生でその鳥の肝《きも》を食べたところ、上下（口と尻）から大量の血が出て、なんとか止めたいとヤシのココナツ殻を炭《すみ》にして食べたら赤と黒が同時に又上下から出て大変な思いをした。全く処置なしだった。同所で朝起こされて、大谷の死を知らされて、本人の頭髪を取って埋葬した〉

投降後はアメリカ軍の収容所に入れられて強制労働をさせられたが、幸いにも十二月に帰国を許され、アメリカ軍の輸送船で広島の大竹港にもどることができた。

広島からふるさとに向かう列車の中で、初老の婦人が「ご苦労さまでした」と言ってにぎり飯を分けてくれた。それを食べながら、泣けて泣けて仕方がなかったという。

「我々もひどい目におうたばってん、気の毒なのはフィリピンの人たちです。日本の戦争に巻き込まれて百万人ちかくが犠牲になっとる。そのことば忘れちゃでけんとです」

「その頃の日本の指導者については、どう思っておらるるですか」

私は最後にそうたずねた。

「話にならんですよ。満州事変から敗戦まで、あんな風に右往左往して国の方針を過《あやま》らせたのは、上層部が権力争いをくり返していたからじゃなかですか。そうして国民を教育勅語《ちょくご》だの軍人勅諭《ちょくゆ》だので精神的にがんじがらめにして、反対をとなえる者は国賊《こくぞく》だとか非国民だと言って処罰した。ところが戦争に負けると身を隠し口をつぐんで、何の責任も取ろうとせん。結局、犠牲になったとは若者たちです。国の未来を託す若者を守れんようで、どうして政治家や指導者と言えますか」

その血を吐くような訴えは、三年前に他界された信国氏が後世に残してくれた遺言だったのである。

フィリピンを真っ先に脱出した司令官

エチャゲから真っ先に脱出した富永恭次は、信国常実氏が言う権力争いに明け暮れた、無策、無責任な指導者の見本のような男だった。

明治二十五年（一八九二）に長崎県で生まれた富永は、大正二年（一九一三）に陸軍士官学校を卒業。大正十二年（一九二三）には陸軍大学校を出て参謀本部付となり、陸軍でのエリートコースを歩み始めた。

駐ソ連大使館付武官補佐官や欧州駐在の参謀本部付仰付《おおせつけ》などを歴任。昭和十一年（一九三六）には歩兵大佐に昇進し、参謀本部第二課長になった。

その翌年には関東軍第二課長に就任し、参謀長だった東條英機《とうじょうひでき》に目をかけられるようになった。

昭和十六年に東條が陸軍大臣になると、富永は陸軍省人事局長に抜擢《ばってき》され、陸軍中将に昇進して人事権を掌握《しょうあく》した。

ところが昭和十九年七月に東條内閣が倒れると、後ろ楯《だて》を失った富永への風当たりは強くなり、第四航空軍の司令官としてフィリピンへの転出を命じられた。

当時の指揮命令系統は次の通りである。

大本営→南方軍（東南アジア方面陸軍部隊）→第十四方面軍→第四航空軍。

こうして見れば第四航空軍司令官に降格されたことが、どれほど厳しい左遷だったかよく分かる。しかも富永は実戦の経験がほとんどなく、航空機や空中戦について何も分かっていなかった。

九月八日にマニラに着任した富永は、前線に出て将兵を激励《げきれい》したり、特攻出撃する者たちを見送ったりしたという。ところが十月下旬にレイテ沖海戦で日本軍が大敗したために、翌年一月には司令部をマニラからエチャゲに移すことにした。

そして現地に着いて数日後、富永は真っ先に台湾行きの飛行機に乗ってフィリピンから脱出したのである。

この間に上層部で何が起こっていたのか、二十歳の軍属だった信国氏にはうかがうことはできなかった。

ところが幸いにして、第四航空軍経理部に所属していた高橋秀治氏が、『第四航空軍の最後―司令部付主計兵のルソン戦記』（光人社刊）を著し、当事の富永の行動について伝聞を交えて記している。

それによれば、第十四方面軍の山下奉文《ともゆき》司令官は、第四航空軍をエチャゲ飛行場に結集し、陸上兵力とともにルソン島を死守する作戦を立てていた。

ところが、富永の念頭には一刻も早く台湾にもどることしかなく、許可してくれるように大本営に働きかけていた。しかし許可を得られなかったために、台湾にいる第四航空軍所属部隊を視察するという名目で脱出することにした。

そうこうしている間に、一月十五日にエチャゲ飛行場がアメリカ軍のP－38ライトニング数十機による攻撃を受けた。


このままでは台湾へ向かう途中で撃墜される危険が増大する。もはや一刻の猶予《ゆうよ》もならぬと思った富永恭次は、ジャングルの中の格納庫から双発一〇〇式司令部偵察機を引き出させ、これに乗って飛び立とうとした。

ところが充分な整備がなされていなかったのか、出力不足で飛び立つことができず、滑走しただけでジャングルに突っ込んでしまった。

すでに日は高くなり、敵機が来襲しかねない時刻になっている。これでは出発は無理だと誰もが思ったが、富永は諦めない。

旧式で二人乗りの九九式軍偵察機を引き出し、後部座席に乗り込んで出発した。側近の一人も別の飛行機で出発し、一式戦闘機二機が護衛のために同行した。

ところが途中で悪天候のために引き返さざるを得なくなり、カガヤン川下流のトゥゲガラオ飛行場に着陸した。

そこにも台湾へ脱出しようとする軍人や民間人がひしめいていたが、富永は彼らを一顧《いっこ》だにせず、翌日未明には一式戦闘機四機に守られて台湾へ向かったのだった。

エチャゲに残った者が不審に思って司令部に問い合わせに行くと、留守番を命じられた曹長《そうちょう》が一枚の紙切れを差し出した。

それは各部隊に対する作戦命令書で、「各部隊は、現地において自戦自活すべし」と記してあった。

現地においてとはフィリピンに残れということであり、自戦自活とは自分たちで生きる算段をして戦い抜けという意味である。

こうして富永は台湾の台北《たいほく》飛行場にたどりついたが、大本営や南方軍は所属部隊の視察に来たという言い訳を認めず、無断で任務を放棄して敵前から逃亡したと見なしたのだった。

富永はその後予備役《よびえき》とされたが、七月十六日には満州で編成された第一三九師団の師団長を命じられた。

その一カ月後に日本が降伏したために、第一三九師団は一度も交戦しないまま解体され、富永はソ連軍によってシベリアに抑留《よくりゅう》された。

そして十年後の昭和三十年（一九五五）四月、引揚船で舞鶴《まいづる》港にもどった。帰国直後の五月十二日、富永は参議院社会労働委員会に招致《しょうち》され、シベリア抑留について証言するように求められた。

その中でフィリピンでの行動に対する批判について言及し、「私は一身をもってこの責任を負いまして、すべての悪評はすべて一身に存することを覚悟しております」と語っている。

フィリピン、シベリアで地獄を見てきた富永の目には、戦後民主主義の申し子である国会議員たちの姿はどう映ったことだろう。

また「一身をもってこの責任を負う」という言葉には、どれほどの内実と具体性があったのだろうか。

富永が他界したのは、それから五年後。行年《こうねん》六十八だった。

第三章　河野《こうの》孝弘氏への取材——陸軍の迷走と「さくら弾機事件」

三人目に取材に応じてくれたのは、福岡県直方市《のおがたし》に住む河野《こうの》孝弘氏だった。この日も大刀洗《たちあらい》平和記念館の方々に同行してもらい、副館長をしていた寺原裕明氏が運転する車で河野氏の自宅を訪ねた。

谷川ぞいのなだらかな道を登った所に、漆器《しっき》や陶器を扱うお店と車庫があった。店は河野氏が経営しているもので、店内で話を聞かせてもらうことになった。

車庫には、美しく手入れした四十年ほど前の大型車が置いてある。今でも大事に乗っているようで、整備兵だっただけに、エンジンルームなどはぴかぴかに磨き上げられているにちがいない。

その車を見ただけで河野氏の生き様をうかがえる気がしたが、本人は予測にたがわず古武士《こぶし》のような方だった。

民芸店風の店舗は、築百年の家を改築したものだという。昭和二十八年（一九五三）の洪水でこのあたりも大きな被害を受けたが、河野氏は自力で柱や屋根を取り替えて店として再生したのである。

昭和五年（一九三〇）の生まれなので八十六歳（二〇一六年当時）になるはずだが、体幹のしっかりとした、背筋の伸びた体形である。

「趣味で山登りをしてましてね。九州中の山に登りました」

丈夫な体はそうして養ったもので、話しぶりも明瞭《めいりよう》で緻密《ちみつ》だった。

聞いた話はどれも興味深く、戦中戦後の暮らしぶりを象徴するものばかりだった。中でも衝撃的だったのは、昭和二十年（一九四五）三月二十七日の大刀洗飛行場の空襲と、五月二十三日のさくら弾機《だんき》の放火事件である。

河野氏は空襲の時には大刀洗飛行場に勤務し、爆弾の雨の中をかいくぐって九死に一生を得た。放火事件の時には燃え上がるさくら弾機に駆け付け、決死の消火作業に当たった。

その緊迫した場面を、河野氏の手記などを参考にしながら、ドキュメンタリー風の小説にしてみよう。

◎　◎　◎

河野孝弘が国鉄甘木《あまぎ》線の西太刀洗駅に下り立ったのは、昭和十九年（一九四四）四月二日のことだった。

直方市内の国民学校高等科を卒業し、超難関と言われる陸軍飛行学校の試験にパスした。これであこがれの少年飛行兵になれると勇《いさ》み立っていたが、教官に案内されたのは「陸軍航空廠《しょう》」だった。

この頃、整備士の不足に悩まされていた陸軍は、飛行学校の合格者を航空廠の技能者養成所に回すことにしたのである。

「そげな馬鹿な。俺たちは飛行兵になるためにここに来たとに」

不平を口にする者も多かったが、班長に有無を言わさず殴り倒されて従わざるを得なかった。

B29の編隊による空襲

技能者養成所では午前中に数学や流体力学、発動機の構造、製図などを学び、午後からは工場実習がおこなわれる。

従来は二年間の教育だったが、戦況が逼迫《ひっぱく》して人員不足におちいっていたために、一年

大刀洗飛行場格納庫全景

技能者養成所の基本作業実習

で卒業して現場に配属された。

河野孝弘は整備要員として、飛行場の第一格納庫で働くことになった。昭和二十年三月二十六日のことで、わずか十五歳である。

初日は工場長のはからいで燃料庫や部品庫、防空壕などの見学をした。

折しも飛行場には四式重爆撃機飛龍《ひりゅう》など四十六機が駐機し、間近に迫った出撃のために八百キロ魚雷の装塡《そうてん》に余念がなかった。

少し離れた所には、護衛のために出撃する三式戦闘機飛燕《ひえん》が駐機している。ドイツのダイムラー・ベンツ社が開発した液冷エンジンを搭載した新鋭機である。

二十七日の仕事は、第一格納庫の入口に大きな看板をつけることだった。

これまで格納庫は飛行学校のものだったが、学校の廃校にともなって航空廠に移管されたため、看板を付け替えなければならなくなったのである。

入口の高さは八メートルもあるので、竹梯子《たけばしご》を二台つぎ合わせて立てかけたが、これに登って看板をつけるのは至難《しなん》の業《わざ》だった。

高い上に、足許《あしもと》が不安定なので落ちそうになる。同期の松永、菊地、阿部はいずれも目

四式重爆撃機「飛龍」

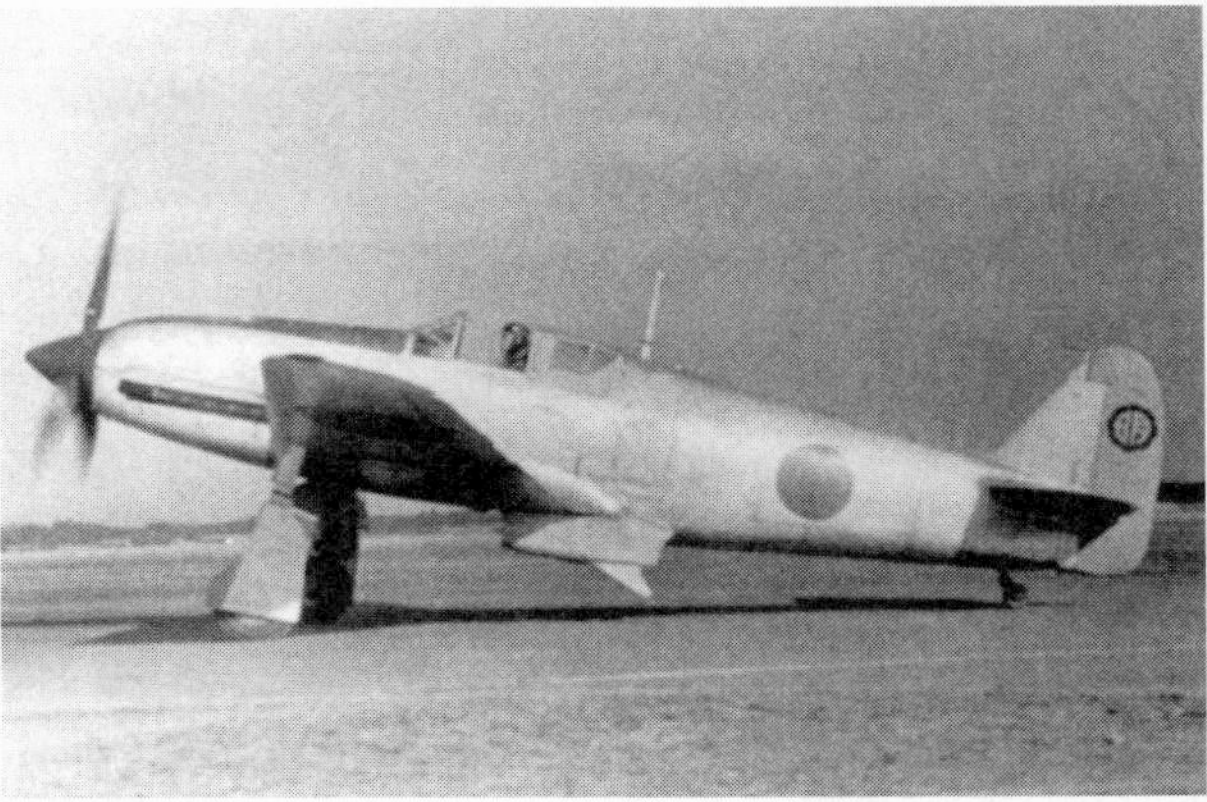
三式戦闘機「飛燕」

的をはたせずに下りてきたが、河野は絶対にやり遂げてみせると意を決していた。

真面目で責任感が強くて思いやりが深い工場長の中嶋一人《なかじまかずと》さん（福岡県宇美町《うみまち》出身）を、兄貴のように慕《した》っていたので、何としてでも期待にこたえたかったのである。

無事に役目をはたして工場長に報告すると、今日はもう帰っていいと言われた。

まだ午前中なのに、といぶかりながら四人で技能者養成所の寮に向かっていると、菊池橋にさしかかった時に後ろから古参の大尉がやってきた。

四人は道端で直立して敬礼したが、相手はいきなり「馬鹿者、早よ走らんか」と一喝《いっかつ》して西の方へ走り去った。

何事だろうと思った途端、甘木方面から「ドドーン」という爆発音が聞こえた。

演習にしては大きすぎると思いながら機体工場の前を通り過ぎると、十数人の女子挺身《ていしん》隊員が両手を額にかざして空を見上げ、さかんに歓声を上げていた。

その方向を見やると、四発（四機のエンジンを搭載）爆撃機がV字型の編隊を組み、太陽に照らされて光り輝きながら迫って来る。

あれは身方の飛行機が出撃していくのだ。だから挺身隊員たちは、歓声を上げて応援し

大刀洗上空で投弾中のB29（昭和20年3月27日）

ているのだろう。

凄《すご》い。日本にもまだあれだけの爆撃機を作る力があったのだと喜んだのも束《つか》の間《ま》、

「あれは敵ばい。爆弾ば落としよる」

視力のいい阿部が叫んだ。

高度はおよそ五千メートル。二十五機のB29の編隊の右端から、黒い胡麻粒《ごまつぶ》のようなものが落ちてくる。

落下時間はおよそ十五秒。もうすぐここは爆弾の直撃を受けて火の海になる。

「逃げろ、機体工場から一メートルでも遠くに離れろ」

河野孝弘はそう叫ぶなり、航空廠の南に広がる田んぼに駆け下り、畔道《あぜみち》を西へ向かって走った。

前方の右側の崖に、小さな横穴壕が掘られている。低くなった内部には水がたまっている上に、なぜか糞《ふん》まで浮いているが、背後からはザーッとトタン屋根を雨が叩くような爆弾の落下音が聞こえて来るので、ためらってはいられない。

河野がヘッドスライディングでもするように飛び込むと、同期の三人も水しぶきを上げて折り重なった。その直後に初弾が炸裂《さくれつ》した。

ドドドーン、ドドドーン。

耳をつん裂《ざ》く凄《すさ》まじい音と地響きがして、足の裏から頭の先まで衝撃波が突き抜けてゆく。

体は恐怖のあまり極限まで硬直するが、目をつぶり耳を押さえ、うずくまって歯を喰《く》い縛《しば》るほかになす術《すべ》はなかった。

甘木方面から侵入したB29の編隊は、大刀洗飛行場や第五航空教育隊の兵舎、航空廠機体工場へと、東から西に二百二十五キロ爆弾を投下していく。

正確に狙いを定めた絨毯《じゆうたん》爆撃で、八百キロ魚雷を装塡《そうてん》して出撃命令を待っていた飛龍

爆撃によって焼失した格納庫と四式重爆撃機「飛龍」

燃える機体工場

など四十六機も、次々に炎上していった。

敵を攻撃するはずだった四十六発の魚雷が、大爆発を起こして大刀洗飛行場の地面をえぐっていく。

河野たちが身を伏せている横穴壕は、機体工場からわずか三十メートルほどしか離れていないので、爆撃の真っただ中にいるのも同然だった。

河野は身を縮めて震えながら神に祈った。

「私はまだ十五歳です。この世のことを何も知らないまま死にたくありません。どうか直撃弾だけは当たりませんよう、お守り下さい」

爆撃の嵐は三十秒ほどでおさまった。安全を確かめて壕の外に出ると、敵は編隊を維持したまま高度を上げ、悠々と左へ旋回して久留米《くるめ》方面に飛び去っていった。

飛行場のまわりには高射砲の陣地を配して守りを固めていたが、砲弾は三千メートルくらいまでしか届かないので手も足も出ないのだった。

「次の爆撃があるばい。今のうちに養成所に帰った方が良か」

松永と菊地がそう言い出した。

「いいや。養成所も狙われるかもしれんし、帰る途中に防空壕があるとは限らんけん、ここにおった方が良か」

河野は諫《いさ》めたが、松永と菊地は危険な場所から少しでも遠ざかろうと壕を出て行った。どちらが正しいか分からないので、それを無理に止めることはできなかった。


大刀洗飛行場は大きな被害を受けていた。

重爆撃機「飛龍」も三式戦闘機「飛燕」も、紅蓮《ぐれん》の炎を上げて燃えている。格納庫群も燃料庫も火の海で、黒い煙とむせるような油の匂いがただよってくる。

武器庫や弾薬庫も直撃弾を受け、炎の中で弾がはじける音が連続してつづいている。

こうした絶望的な状況の中、サイレンを鳴らして飛行場に急行する消防車がいた。職責をはたそうとする勇敢な行動を、防空壕にひそんでいた河野孝弘も阿部も胸を打たれて見守っていた。

第一波から八分ほどの間をおいて、B29二十五機が第二波の爆撃を開始した。五千メートル上空から残存施設を確かめ、残酷なほど正確に爆弾を落としていく。

横穴の防空壕にも爆風と衝撃波が押し寄せ、崖ごと揺り崩そうとする。

それは壕の入口からも侵入し、外と内とで呼応して圧力をかけるので、防空壕の壁がバフバフ、バフバフと音を立てて震えながら崩れ落ちる。

やがてひときわ大きな爆発音がして、天井の土が大きなかたまりとなって崩れ落ち、河野と阿部を糞の浮いた水たまりの中に突き倒した。

（ああ、駄目か……。）

このまま生き埋めになると観念したが、壕は何とかもちこたえた。

二人はどぶ泥で全身ずぶ濡《ぬ》れになりながら外にはい出した。

上空では爆撃を終えたＢ29の編隊が、高度を上げながら右に旋回し、飛び去っていった。

さらに八分後、第三波二十四機が飛来して、滑走路や誘導路、格納庫などを破壊していった。合計七十四機。投下した二百二十五キロ爆弾は千発を超えると推測されている。

河野と阿部はしばらく燃上する機体工場を茫然とながめていたが、ともかく養成所にもどることにした。

泥水まみれのまま玄関を入ると、

「お前ら、よう生きちょったの」

「もう死んだとばかり思いよった」

仲間たちが駆け寄り、無事を喜んでくれた。

新しい作業衣と編上靴《へんじょうか》を受領してきて早く着替えろと言う者や、食堂に行って昼飯の手配をしてくれた者もいた。

「松永と菊地はどうした。先にもどったはずやが」

そうたずねたが、二人を見た者はいなかった。

昼飯を食べてひと休みしてから、第一格納庫へ行ってみた。朝からやっとの思いで看板をかけ替えた格納庫は、天井が崩れ落ちて壁の鉄骨だけを残す哀れな姿になっている。

鉄骨を支える大きな基礎コンクリートの側に、格納していた戦闘機の残骸が吹き飛ばされてくすぶりつづけていた。

焼けたゴムや油の匂いの中に、肉を焦がしたような匂いがまじっている。

くすぶりつづける火元に目をやると、戦闘機の残骸に絣《かすり》のモンペがまとわりついていた。B29を友軍機と思って歓声を上げていた女子挺身隊員が、逃げ遅れて犠牲になったのである。

後で分かったことだが、工場長の中嶋一人さんも亡くなっていた。責任感が人一倍強い中嶋さんは、全員を避難させようとして格納庫に踏みとどまっていたのだった。

航空廠内の防空壕は、直撃弾を受けて崩れ落ちていた。中に避難していた者たちは圧死したり窒息死したりしている。それを掘り出すために、十数人が鍬《くわ》や唐鍬《とうぐわ》を手に作業をしていた。

大刀洗川の河原に蓆《むしろ》を敷き、二十名ばかりの遺体を並べて身元の確認をしている。

「君たち、この中に知った人がいないか見てくれ」

医務官らしい人に頼まれてのぞき込むと、一人だけ見知った者がいた。養成所の寮で河野孝弘の隣室に住む白土である。

生き埋めになって窒息したようで、顔の色もいつもと変わらず、眠っているようなやすらかな表情をしていた。

「人工呼吸ばすれば、生き返るとやなかや」

仲間の一人にうながされ、やってみることにした。

養成所で教えられた通り、一人が口を開け割箸《わりばし》で舌を押さえて気道《きどう》を確保し、別の一人が一定の間隔で胸を押さえる。

すると肺に空気が入り込んですーすーと息をするような音がしたが、生き埋めから二時間もたっているので蘇生《そせい》させることはできなかった。

もし横穴壕が崩れ落ちていたら、河野も阿部も同じように命を落としていただろう。そう思うと白土の不運が身につまされ、冥福《めいふく》を祈らずにはいられなかった。

菊池橋のたもとにも横穴壕があったが、直撃弾を受けて女子挺身隊員数名と、河野たちを「馬鹿者、早よ走らんか」と怒鳴りつけた古参の大尉が犠牲になった。

大尉は逃げ遅れた者を避難させようとして、機体工場に向かっていたのである。

消火に出動した消防車も、格納庫の前で真っ黒な残骸になっていた。火を消す間もなく、B29の餌食《えじき》になったようだった。

爆撃による死者は千人を超えると言われている。河野は死体が集積された場所に行き、

現在の菊池橋

バラバラになった遺体が山積みされているのを見たし、小さな肉片を拾い集める作業もした。

戦争の残酷さと運命の過酷さが胸に迫り、この世こそ地獄ではないかと思わずにはいられなかった。

大刀洗飛行場が壊滅したために、河野たちは養成所の寮から福岡県小郡《おごおり》市乙隈《おとぐま》の天理教《てんりきょう》の宿泊所に移ることになった。

飛行機のタイヤをつけた大きな台車に私物を載せ、皆で交替で押して乙隈に向かった。

さくら弾機、相次ぐ着陸の失敗

福岡県小郡市乙隈の天理教教会の宿泊所には、北飛行場の整備班が寄宿することになった。佐々

部品の定期手入れ

班長以下三十名である。

河野孝弘たちは教会に移った翌朝、午前六時に起きて点呼を受け、班長から班の編成、役割分担、作業方針の説明を受けた後、北飛行場の格納庫に行って資材や工具を検分した。

北飛行場は大刀洗飛行場から北西に四・二キロ離れた場所に、陸軍が新たに設立したものである。

旧来の飛行場は五百メートルの滑走路二本しかなく、舗装《ほそう》もしていなかったので、雨が降ると水たまりができる。それを砂利や小石で埋めて使っていたので、着陸中に戦闘機が車輪を穴に引っかけて転倒する事故が絶えなかった。

しかも五百メートルの滑走路では、大型化した重爆撃機の発着には短かすぎる。

そこで陸軍は長さ千八百メートル、幅五十メートルの舗装した滑走路を作ることにし、昭和十九年三月一日から北飛行場の建設に取りかかった。

滑走路と平行して走る誘導路も三十メートルの幅を持つ立派なもので、建設には各地から集められた労働者が、約百名ずつ六ケ所の飯場《はんば》に分宿して当たることになった。

また周辺自治体から集められた中学生や、国民学校の勤労奉仕隊も作業の手伝いを命じられた。

飛行場は翌年二月に完成し、その後、誘導路や掩体壕《えんたいごう》（飛行機を隠すための格納庫）の設置も終わり、小型機の移駐が始まった。

その直後の三月二十七日、大刀洗飛行場がＢ29の爆撃によって壊滅的な被害を受けたために、北飛行場が必要不可欠な存在になったのだった。

三月三十一日、河野たちは飛行場から少し離れた所にある掩体壕を見学に行った。三方を堤防のように土で囲み、天井は網でおおって竹や木の枝で擬装《ぎそう》してある。

これなら上空からは見つけられないのではないかと思っていると、午前十時をまわった

筑前町に現在も残る掩体壕

頃に空襲警報のサイレンが鳴った。

花立山《はなたてやま》の向こうの大刀洗飛行場周辺が、B29の爆撃を受けている。その数は百六機。二十七日に被害をまぬかれた施設と、太刀洗航空機製作所を標的にしているようである。

激しい爆撃音と地を揺るがす震動に、河野は四日前に横穴壕にひそんでいた時のことを思い出し、全身が総毛立つ恐怖を抑えることができなかった。

翌日、早くも仕事の命令が下った。

掩体壕に駐機している一式戦闘機「隼《はやぶさ》」の主脚が、離陸後、機体下部の「タイヤハウス」に収納できなくなったので、至急修理をするようにという。

隼は、三式戦闘機「飛燕」、四式戦闘機「疾風《はやて》」とともに陸軍を代表する戦闘機で、最大時速五百キロ超。高度五千メートルまで五分程度で上昇できる優れものだが、その性能は引込脚の導入によって実現したものだった。

隼の引込脚は、油圧によって作動するように設計されている。

この部分が故障して主脚が出たままだと、空気の抵抗が大きくなってスピードが四十キロ落ちる。逆に着陸する時に主脚が出なければ、滑走路に激突して大破するおそれがある。

そこで一刻も早い修理が求められたが、移転したばかりで機体を持ち上げるジャッキさえ見当たらない。河野孝弘らが方々に電話して問い合わせると、夜須《やす》中央国民学校にジャッキが保管してあることが分かった。

さっそく受け取りに行き、夕方までに工具と油圧装置に用いるスピンドル油がそろった。

「今夜は徹夜になるかもしれんぞ」

佐々班長に言われ、照明用のカンテラを用意して作業にかかった。

まず両翼をジャッキで持ち上げ、操縦席に乗り込んでポンプを操作してみる。普通ならこれで主脚が作動するはずだが、まったく動かすことができなかった。

「これは油に気泡《きほう》ができとるとぞ」

班長は二、三度ポンプを操作してみてそう判断した。

油が古くなって変質したか、ネジがゆるんで空気が入ったために、油圧がきかなくなっているという。

そこで油圧管のシリンダーのネジをゆるめてみると、油と泡が噴き出してきた。それをすべて抜き取り、新しい油を注入してネジをしっかりと締め、ポンプを操作してみると、主脚はなめらかにタイヤハウスに納まった。

（俺たちの力で、この隼が飛べるようになった）

そう思うと嬉しくて、皆で手を取り合って互いの努力をたたえた。

それから数日後、整備関係者は全員集会所に集められた。

正面の黒板には四式重爆撃機「飛龍」の図面がかかげてあるが、操縦席の後ろがこぶのように盛り上がった不自然な格好をしていた。

「これはキ六七飛龍だが、さくら弾という新型爆弾を搭載した改良型だ」

技術将校が壇上に立って説明した。

さくら弾はドイツの技術協力によって製作されたもので、炸裂《さくれつ》すれば前方三キロ、後方三百メートルまで灼熱《しやくねつ》させる威力を持っている。

陸軍はこの新型爆弾を飛龍の操縦席の後ろに搭載し、敵艦隊への特攻をおこなうことにしたのだった。

「この特攻が成功すれば、たった一機で敵艦隊を壊滅させることができる。現在九機が完成し、近日中にこの飛行場にやって来る。もし離着陸時に事故があれば、その被害は甚大である。諸君もそのつもりで整備にあたってくれ。なお、これは軍の最高機密なので、絶対に口外しないように」

厳しく念押しされた。

これが「さくら弾機事件」の始まりだった。

（前方三キロにわたって焦土《しようど》と化すような威力の爆弾が、本当にあるとじゃろか）

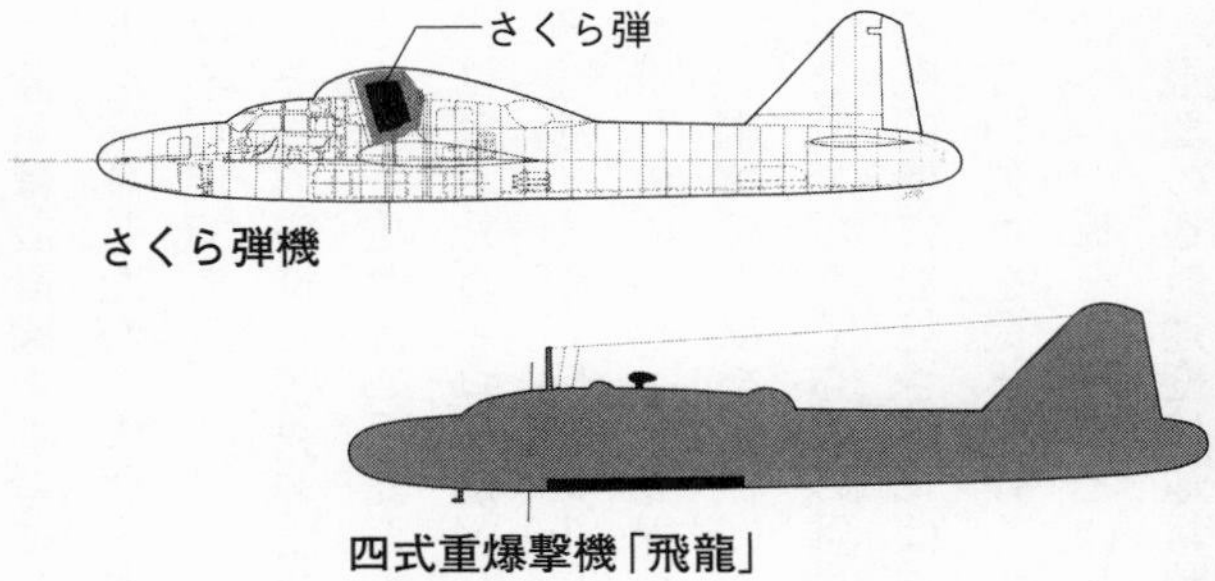

さくら弾機は四式重爆撃機「飛龍」に重量3トンの特殊爆弾を背負った特攻機

河野孝弘はそんな疑問を持ったが、軍事機密なので詳細を知る術《すべ》はない。すべてが分かったのは戦後になってからだった。

そのあらましについて、林えいだい氏の著書『重爆特攻さくら弾機』（東方出版）を参考に記してみたい。

開発のきっかけは昭和十七年（一九四二）の夏、ドイツのヒトラーから、ミステル爆弾の簡単な設計図が送られてきたことだった。

これはモンロー・ノイマン効果（凹型《おうがた》の円錐《えんすい》状に成形した火薬を薄い鉄板でおおい、後方から点火して爆発させると、爆発の衝撃波が円錐中心軸に向かって集中するので大きな破壊力が得られる）を利用したもので、ドイツはこの爆弾を使って、イギリスの戦艦を沈没させたと伝えられていた。

陸軍は設計図を参考にして試作品（さくら弾）を作り、実験によって効果が得られることを実証したが、火薬をおおった鉄板の直径は二メートルもあり、飛行機に搭載することは不可能である。

そこで陸軍の研究者は改良を重ね、直径一・六メートルまで小型化をはかったものの、それでも重さは二千九百キロもあった。

これを八百キロの爆弾しか積めない飛龍に搭載するのは無理である。多くの研究者はそう主張したが、陸軍の上層部は遮二無二《しゃにむに》計画を推《お》し進めた。

飛行中のバランスを保つために、お椀《わん》の化物のようなさくら弾を操縦席の真後ろに設置し、胴体の上部を異様にふくらませた形にして外壁でおおった。

これではさくら弾の重量と、ふくらんだ機体の空気抵抗によってスピードが落ちる。敵の戦闘機に発見されれば、敵艦への攻撃を敢行する前に撃ち落とされるだろう。

この欠点を機体を軽くすることで克服しようと、機首と爆弾の上部、さらに尾翼《びよく》の一部にベニヤ板を使うことにした。

飛龍の巡航速度は通常時速四百キロだが、これでは三百キロも出せなかっただろう。飛んでいる最中に空気圧の低下や空気抵抗によってベニヤ板がはがれ、飛行できなくなるおそれもある。

しかもアメリカ海軍の主力戦闘機のF6Fヘルキャット（グラマン）の最高速度は時速六百キロちかいのだから、発見されたなら撃ち落とされるのは目に見えている。

それでもこうした無謀、無策な作戦を取りつづけた軍の上層部について、後に河野は手記の中でこう記している。

〈丸腰で何一つ抵抗出来ず死んでゆく。こんな阿呆《あほ》らしく口惜《くや》しい事は無いだろう。これは戦争ではない。何んの罪のない人間に切腹を命じられたも同じである。

軍の上層部には戦《いくさ》を知らない明治のおぼっちゃん将校が参謀等をやっている。陸大（陸軍大学校）は何を教えたのだろう〉

技術は正直である。

正当な努力と研鑽《けんさん》には結果で報いるが、手前勝手な空理空論をふり回せば失敗の鉄鎚《てっつい》を下《くだ》す。

技術的な問題に目をつむり、二千九百キロものさくら弾を積み込んだ飛龍は、昭和二十年四月十二日に茨城県の西筑波《にしつくば》飛行場を飛び立つことになった。

さくら弾機とともに特攻用に改造した飛龍の「ト号」機が、出撃のために西筑波から大刀洗飛行場に移動しようとしたのである。

士気を鼓舞《こぶ》するためだろう。先頭機には、第六十二戦隊の沢登正三《さわのぼりしょうぞう》戦隊長はじめ幹部数名が乗り込んだ。

ところが離陸してもスピードを上げることができず、機首を上げすぎたために後ろに引きずられるようにして墜落《ついらく》し、乗員全員が死亡した。

同日、岐阜県各務原《かかみがはら》飛行場からさくら弾機二機とト号機一機が出撃。夕暮れの大刀洗飛行場への着陸を敢行した。

ところがB29の空襲によって破壊された直後で、修復も充分ではなく、滑走路の所々に穴や窪《くぼ》みがあった。

大熊大尉が機長をつとめるト号機は、夕暮れのためにそれを目視できず、穴に車輪を引っかけて擱座《かくざ》してしまった。

特攻機さくら弾機

このために滑走路をふさぐことになり、他の二機の着陸は難しくなったが、重量オーバーのさくら弾機は通常よりも多量の燃料を消費する。

渡部機は燃料が切れかけていたので他の飛行場に向かうことができず、大熊機の横をすり抜けて着陸を強行することにした。

ところが慎重になりすぎたのか、通常の飛龍を操縦していた時のクセが抜けなかったのだろう。着陸の前にスピードを落としすぎ、揚力《ようりょく》が不足して墜落し、乗員十人は全員死亡した。

これでは着陸できないと判断した菊池機は、緊急避難できる飛行場を求めていずこかへ飛び去った。

ところがすでに夜になり、安全に着陸できる飛行場は見つからない。周辺の飛行場は舗装されていないし、さくら弾を積んだ重爆撃機が着陸できるほどの長い滑走路を持ってはいない。

そこで菊池機長は各務原飛行場まで戻るしかないと判断したようだが、すでにそれだけの燃料は残っていなかった。数日後に四国の佐田岬《さだみさき》の沖に墜落しているのが発見され、全員の死亡が確認された。

こうした事故によって、さくら弾機が特攻出撃しても、敵艦隊を発見できなければ燃料不足のために墜落するしかないという欠陥が、白日《はくじつ》のもとにさらされた。

これは、計画を推進した陸軍上層部の責任を問われかねない大失態である。

こうした切羽詰《せっぱつ》まった状況が、一月あまり後に北飛行場でさくら弾機が炎上した事件の処分に、大きな影響をおよぼしたようだった。

〔著者注・昭和二十年四月十二日に出撃した機数、そのうちのさくら弾機の数については諸説あり〕

山本伍長は濡れ衣を着せられたのか

昭和二十年四月中旬、数機のさくら弾機が北飛行場にやってきた。

そのうちの一機が北飛行場の西にある夜須《やす》村（現・福岡県筑前町《ちくぜんまち》）福島の駐機場に入ったが、全部で何機なのかは、軍事機密なので河野孝弘たちには知らされなかった。

ある日、河野ら五人が駐機場の側を通りかかると、飛行服を着た少年兵たちが車座になって談笑していた。特攻出撃の命令を受けてここに来たのだろうが、そうした状況を感じさせない明るさがあった。

同じ世代だという親しみもあって、河野たちは車座に加わって少年兵たちと語り合った。彼らは第七二振武《しんぶ》隊に属していて、数日後には鹿児島県の万世《ばんせい》飛行場に移動するという。

河野らより二つ上の十七歳だった。

「そうですか。俺たちも去年の春に飛行学校に合格したとですよ。ばってん上の都合で技能者養成所に回されたとです」

河野は先輩への親しみを込めてそう言った。

「それは良かったかもしれんぞ。飛行兵になっていたら、長生きはできないからな」

リーダー格の荒木幸雄《ゆきお》伍長が笑いながら応じた。

「失礼ですが、今はどんなお気持ちですか」

「簡単には言えんよ。両親のことも心配だし、好きだった人もいる。なあ、みんな」

伍長が声をかけると、他の少年兵たちがおだやかにうなずいた。

「生きられるなら叶《かな》えたい夢もあるが、出撃の命令が下ったからには従うしかない。国のためを思えば、男として兵士として尻込みはできないんだ」

別れ際に荒木伍長は、戦争が終わったなら俺たちのことを後世に語り伝えてくれと言った。

わずか三十分ばかりのことである。河野たちは彼らの経歴もその後どうなったかも知らなかったが、戦後思いがけない形で明らかになった。

荒木伍長たちが出撃前に万世飛行場で撮った写真が、「子犬を抱いた少年兵」として大きな話題になったからである。

真ん中で子犬を抱いているのが荒木伍長。群馬県桐生《きりゅう》市の生まれで、昭和十八年（一九四三）秋に大刀洗陸軍飛行学校甘木生徒隊に入隊し、翌年春にわずか半年で繰り上げ卒業している。

昭和二十年三月に特攻隊に編入され、五月二十七日に九九式襲撃機に乗って出撃し、沖縄で戦死したのだった。

それから数日後、さくら弾機の燃料タンクからガソリンが漏れているので、ただちに修理せよとの命令が下った。何しろ秘密兵器である。佐々班長は機密を守るために、河野ら数人の精鋭を引き連れて現場に向かった。

約三トンものさくら弾を積んだ飛龍は大量のガソリンを消費するので、爆弾倉を改造して燃料タンクを増設してある。タンクの修理をするにはガソリンをすべて抜かなければならないので、タンクローリーを横付けして抜き取りにかかった。

ホースを燃料タンクに入れてガソリンの抜き取りにかかったものの、さくら弾機にどれほどの燃料が積まれているか、佐々班長にも知らされていない。

小型のタンクローリーはすぐに一杯になり、ガソリンがあふれてこぼれるようになったが、大刀洗飛行場から別の車を呼ぶ暇はなかった。

「仕方がない。あふれるままにしておけ」

佐々班長の判断で放置することになり、貴重なガソリンが地上に大きな池を作ることになった。

タンクローリーの車輪が半分の高さまでガソリンの池につかったほどで、二百リットルのドラム缶五、六個分の量はありそうだった。

おそらく燃料切れによる墜落事故を相次いで起こしたために、陸軍首脳は燃料を大量に積むように指示をしたのだろう。しかしいくつかのタンクを併設する手間を惜《お》しんだために、いったん穴が開くと、ガソリンが全部失われる弱点を抱え込んでいたのだった。

河野孝弘たちは作業を終えると機内に乗り込み、操縦席、航法士席、通信士席、機関士席に順番に座って、機械や計器類を見学した。ここに四人が座って特攻に向かうのかと、身が引き締る思いだった。

席の後方一メートルくらいの所に、お椀形のさくら弾が設置されていた。

赤いペンキを塗った鉄の容器に特殊な火薬を詰め、蓋《ふた》は六本のボルトで締めてある。飛行中の振動でボルトがゆるまないように、ボルト同士を針金できつく縛ってあった。

しかし重量オーバーのさくら弾機が、敵の迎撃を受けることなく、爆発の効果が及ぶ三キロ地点まで接近することができるだろうか。その前に発見されて撃ち落とされる可能性がきわめて高い。そう危ぶまずにはいられない、ずさんな作戦だった。

事件は昭和二十年五月二十三日の早朝に起こった。

午前五時頃、福岡県小郡市乙隈の天理教教会にある宿泊所の電話が、けたたましく鳴った。起床は午前六時なので、まだ全員が蒲団《ふとん》の中にいる。

仕方なく佐々班長が受話器を取ったが、

「なにぃ、さくら弾機が燃えよるだと」

その一言で全員が飛び起きた。

何しろ前方三キロを焦土《しょうど》と化すといわれる爆弾を積んでいる。火災によって爆発が起こったなら、北飛行場が壊滅する恐れがあった。

「お前たち、バケツと鳶《とび》を持って、現場へ急げ。福島の駐機場だ」

班長の号令一下《いっか》、全員が一キロほど離れた駐機場に向かったが、入口まで着くと身をすくめて立ち尽くした。

さくら弾機が紅蓮《ぐれん》の炎と黒煙を上げて燃えていた。

さくら弾の威力は技術将校から聞かされている。もし爆発したなら確実に死ぬと思うと、それ以上一歩も進めない。班の先輩の中には、排水溝に飛び込んで身を守ろうとする者もいた。

だが河野孝弘は勇気をふり絞って踏みとどまった。死は怖いが、自分だけ助かろうとすることは許されない。

「国のためを思えば、男として兵士として尻込みはできない」

そう言った荒木幸雄伍長の言葉が頭をよぎった。

「ぐずぐずするな。早く行け」

後から来た佐々班長が、先頭をきって駆け出した。それに鼓舞《こぶ》されて河野たちも後を追った。

入口からの距離はおよそ五百メートル。走っていくうちに、足が速い河野はいつしか先頭に立っていた。

さくら弾機は炎に包まれて近付くことができない。爆弾をおおっていたベニヤ板は燃え落ち、機体のジュラルミンは熱で溶け、鉄板でおおわれたさくら弾がむき出しになっていた。

そこから火薬が流れ出して火の勢いを強めていたが、よく見ると六本のボルトで止めてあった蓋がなくなっている。

「みんな、大丈夫だ。爆発しないぞ」

河野はそう叫んだ。

火薬は密閉されているから爆発する。蓋が開いていれば燃えつづけるばかりである。だが蓋が開いているということは、誰かが放火したということではないか。

猛烈な炎にあぶられながら、河野はそんな疑いを持ったのだった──。

◎　◎　◎

「私はその現場にいましたからね。今ではこんなことを知る人間は私だけになりました」

河野氏は席を立ち、エクレアを持ってきて下さった。シュー皮にカスタードクリームをはさみ、チョコレートをかけたもので、近くの店で作る人気商品だという。

我々はそれをいただきながら、河野氏の話に耳を傾けた。

「やがて憲兵隊の取り調べがあり、さくら弾機の搭乗員で朝鮮半島出身の山本辰雄伍長が逮捕され、まともに取り調べもないまま有罪となりました。油山《あぶらやま》で処刑されたのは終戦の六日前、八月九日だったそうです」

「そのことについて、どう思われましたか」

「とにかく取り調べがずさんでした。普通なら最初に消火に駆けつけた我々に話を聞くはずじゃないですか。ところが誰一人、憲兵隊に呼ばれた者はいなかったのですから」

これは推測にすぎないと断ってから、山本伍長は濡れ衣を着せられたのだろうと河野氏は語った。

相次ぐさくら弾機の事故で窮地に追い込まれていた陸軍首脳は、一刻も早くこの事件を解決しなければならない必要に迫られていた。そこでさくら弾機で出撃することになっていた山本伍長が、出撃を阻止するために自機に放火したという話をでっち上げたというのである。

林えいだい氏の『実録証言　大刀洗さくら弾機事件』（新評論）には、河野氏の証言も収録してあるので、興味のある方は参照していただきたい。

第四章　末吉《すえよし》初男氏への取材——特攻兵の届かなかった手紙

四人目の証言者は、福岡県豊前《ぶぜん》市に住む末吉《すえよし》初男氏である。

末吉氏は昭和二年（一九二七）生まれ。昭和十八年（一九四三）十月に大刀洗《たちあらい》陸軍飛行学校甘木《あまぎ》生徒隊に入校した。

昭和十九年（一九四四）四月から飛行学校で本格的な訓練を受け、八月には早くも台湾の第八教育飛行隊に配属されて、空中戦の訓練を受けるようになった。

そして昭和二十年（一九四五）四月二十八日、特攻出撃の命令を受け、沖縄へ向かったが、隊長機のトラブルによって石垣島に不時着したのである。

我々が豊前市の末吉氏の自宅を訪ねたのは、平成二十八年（二〇一六）三月三十日だった。末吉氏は小柄でダンディで、丸い顔にきちんと刈《か》りそろえたあご髭《ひげ》をたくわえていた。

少年の頃は、門司《もじ》の荷役《にやく》会社で給仕として働きながら夜間中学に通っていたが、学校では銃剣術などの軍事教練ばかりだったので、これなら軍隊に志願したほうがいいと思って、陸軍の少年飛行兵と海軍の予科練を受験した。

そしてどちらも合格したが、先に合格通知が来た陸軍に入ることにしたという。

「両方とも難しいことで知られた試験じゃないですか。優秀だったんですね」

私はそんな風に話を切り出した。

「会社から飛行兵が出るのは名誉なことだと言ってね。盛大にお祝いをしてくれました。新聞にも載ったほどです」

末吉氏は当時の新聞の切り抜きを見せてくれた。

〈それ胴上げだ　給仕から関門一の雛鷲《ひなわし》〉

という見出しの記事で、胴上げされて満面の笑みを浮かべた末吉氏が写っている。当時は少年飛行兵を雛鷲と呼んだのである。

「甘木生徒隊は二千人が十中隊に編成されていました。そこでいつも二十番くらいに入っていましたから、まあ、悪くはなかったと思います」

末吉氏はそう言いながら、照れ臭そうな顔をされた。心の内の誇りを含羞《がんしゅう》で隠した、田舎の人にありがちな純朴な表情だった。

八十八歳になるが記憶も確かで、話も理路整然としてよどみがなかった。時には図を描き、時には長年保存してきた資料を示しながら、自分の体験と思いを語ってくれた。

「戦後は特攻隊だったとは言えなくなったもんでね。記録はこうして持っていましたが、女房にも子供にも話せんやったですよ。公にしたのは四、五年前からです」

その言葉を聞いて、私は軍隊時代のアルバムを隠し持っていた父のことを思い出した。誰もが戦争と敗戦に翻弄《ほんろう》され、心に大きな断絶を抱えながら戦後を生き抜いてきたのである。

終戦後も特攻隊員であったことから逃れられなかった末吉氏の若き日を、話してくれたことに即して物語として書いてみたい。

◇　◇　◇

少年飛行兵の試験に合格した末吉初男は、滋賀県大津市の大津陸軍少年飛行兵学校に行くように命じられた。

琵琶湖のほとりにある学校の門をくぐったのは、昭和十八年九月二十五日。同期合格の少年たちが全国から集められ、身体検査や適性検査を受け、操縦、整備、通信のいずれかに振り分けられて任地に送られる。

その数は七、八千人くらいはいたようだが、末吉らには詳しいことは知らされず、正確なことは分からなかった。

四日ばかりの間に健康診断や視力検査、身体能力の検査などを受けたが、判定結果も配属先も知らされなかった。

ただ所属する班を言い渡され、「この班の者は何時何分発の列車に乗車せよ」と命じられただけである。しかも乗り込んだ軍用列車の窓は鎧戸《よろいど》で閉ざされ、外の景色を見ることは許されなかった。

まるで罪人のような扱いだが、根が素直な末吉は軍事機密を守るためだろうと得心し、自分がそんな扱いを受ける立場になったことに誇りを感じていた。

車両の乗員はすべて同期の仲間であり、ライバルである。全国から選《え》りすぐられた者たちだけに、誰もが立派な体つきと賢そうな顔をしていた。

（ばってん、俺は負けん）

負けず嫌いの末吉は、汽車に揺られながら己を奮《ふる》い立たせた。そうしなければ心細くて、どこかへ逃げ出してしまいそうだった。

汽車はどうやら西に向かっているようである。それなら大刀洗《たちあらい》陸軍飛行学校に行って操縦士になれるのではないか――。同期生たちはひそひそとそんな話をしている。大刀洗なら実家も近いと、末吉は心に明かりがともる心地《ここち》だった。

基山《きやま》駅で甘木線に乗り換え、十月一日付で大刀洗陸軍飛行学校の甘木生徒隊に入校した。少年飛行兵第十五期乙種は十中隊で編成され、各隊約二百名で総員二千名にのぼった。

末吉は第九中隊所属になり、翌日からさっそく厳しい教育や訓練が始まった。従来の基礎教育は一年間だったが、戦況が逼迫《ひっぱく》していたために半年間に短縮されていた。

「貴様ら、一日、一時間、一分たりとも無駄にはできぬと思え」

それが教官たちの口癖だった。

教室では操縦学、航法学、機関学、気象学、地形学など、飛行兵として必要な基礎的な教育を受けた。

気象学は飛行している時に天気の変化に対応するため、地形学は上空から地形を見て飛ぶ方向を定めるために必要だった。

大刀洗陸軍飛行学校

甘木生徒隊、少年飛行兵第15期生の入校式

訓練は基礎体力をつけることと、柔道、剣道、銃剣術などの修練が中心だった。鉄の輪に入って転がり、平衡《へいこう》感覚を身につける訓練もあった。

中でも楽しかったのは、グライダーによる滑空《かっくう》訓練だった。

生徒隊から飛行学校本校へ

大刀洗陸軍飛行学校の甘木生徒隊の校舎（現・福岡県朝倉市）から一キロほど南に筑後《ちくご》川《がわ》が流れている。そこまで皆で木製のグライダーをかついで行き、河川敷《かせんじき》で滑空訓練をした。

グライダーの後部をロープで固定し、前方にかけたゴムを二十人ばかりがV字形に二手に分かれて引っ張る。そして後方のロープをはずすと、一人乗りのグライダーがゴムの張力《ちょうりょく》によって飛び上がる。

高さは三メートル、距離は長くても百メートルほどだが、操縦桿《そうじゅうかん》をうまく操作すれば、長く飛ぶことも機体に負担をかけずにふわりと着陸することもできる。

末吉初男は運動神経も反射神経もすぐれていて、すぐにコツを覚えたが、それ以上に見

甘木生徒隊、少年飛行兵第15期生のグライダー訓練

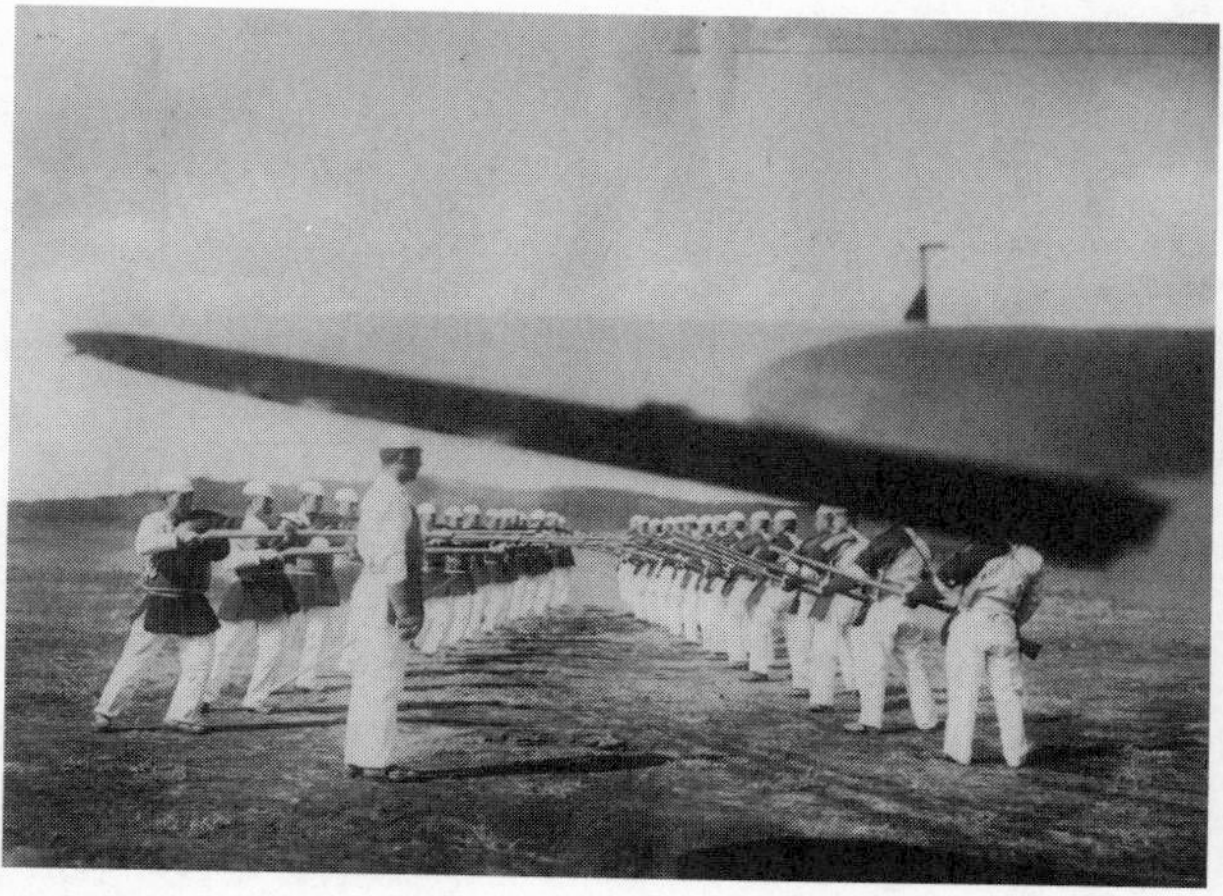

訓練の様子

事な操縦をする者がいた。

愛知県出身の郷治兼義《ごうじかねよし》で、末吉の倍くらいの距離を楽々と飛び、草原《くさはら》の中でも機体を揺らすことなく着陸する。

「君はどうしてそげん上手にでくるとですか」

ある時、末吉はそうたずねた。我知らず敬語になっていた。

「愛知県は飛行機生産の中心地だからね。少年飛行兵を受験する者のために、グライダーを教えてくれる塾があるんですよ」

郷治は飛行兵を志願する前から、その塾に通っていたという。しかも勉強でも訓練でも武道でも、同期の中で飛び抜けて成績が良かった。

(郷治君に負けるわけにはいかん)

身近なライバルを得て末吉の闘志に火がついたが、力量の差を埋めることはできなかった。

そこで思いついたのが征空神社への参拝である。生徒隊の構内には、生徒たちの成長を願って征空神社が建立《こんりゅう》されていた。毎晩消灯後に宿舎を抜け出し、生徒隊を一番で卒業し、立派な航空兵になれるようにお参りをした。

ところがある夜、

「そこにいるのは誰か」

見廻りの当番兵二人に脱走兵と疑われ、銃を突き付けられて誰何《すいか》された。

末吉はあわてて事情を説明したが、消灯後の外出は厳禁されているので、中隊長まで呼び出される事態となった。

末吉は生きた心地もしなかったが、中隊長の宮下中尉は話を聞くと、一言も叱らずに宿舎に帰ってよいと言ってくれた。

しかも翌朝の朝礼で末吉を台の上に立たせ、「感心な生徒がいる」と皆の前で誉《ほ》めてくれたのだった。

生徒隊での厳しい生活の中でも、気になるのは岩屋村（現・福岡県豊前《ぶぜん》市）の実家のことである。

岩岳《いわたけ》川ぞいの山間部の集落で、農業や林業で細々《ほそぼそ》と生計を立てている父や母は元気にしているだろうか、幼い弟や妹は腹をすかしていないだろうか。夜寝る前にそんなことが思われ、自分だけが好き勝手なことをして申し訳ないという気持ちになる。そんな時、母から手紙が届いた。

大刀洗陸軍飛行学校の甘木生徒隊に入校してすぐに、様子を知らせる手紙を母に出していたが、年の暮れになって返事をくれたのである。

宛先は生徒隊だが、封筒には「毎日忘れん初男さんへ　母より」と記してあった。

〈初男さん、先日は御手紙下され誠にありがとう存じます。無事について何より安心致しました。毎日忘れたひま（時）はありません。朝夜は神様に祈りて居《お》ります〉（原文の字句を一部調整して引用）

そう書き出し、末吉初男が出て行った後の弟や妹の様子や、集落のみんなが同情してくれたことが記されていた。

〈それも今まで貴方《あなた》が何事も出来が良かったからです。それで皆が惜しんだのです。今度は一生懸命働いて、国のため村のため父母や皆様のためになる様にして下さい。貴方も私に今まで孝行でしたから、母も何となく名残《なご》り惜しくて別れたくない。貴方のためとあきらめます〉

そこまで読んで急に文面が曇り、涙があふれ出してきた。

末吉は涙をぬぐい、嗚咽《おえつ》に肩を震わせながら最後まで読み切り、諳《そら》んじるほど何度も何度も読み返した。

昭和十九年三月、生徒隊を卒業することになったが、末吉は成績において郷治兼義におよばなかった。

二千名の卒業生のうち、大刀洗陸軍飛行学校本校に配属されたのは、百名ばかりである。末吉も郷治もその中に入り、昭和十九年四月一日から本格的な飛行訓練を受けることになった。

練習機は、ドイツのビュッカー社が初歩練習機として開発したユングマンだった。開放式複座《ふくざ》の複葉機《ふくようき》で、機体が赤く塗られていたので赤トンボと呼ばれていた。ユングマンとは新兵を意味している。

初期の飛行訓練では前席に教官、後席に生徒が乗り、教官が操縦する。だが後席にも前席と連動して動く操縦桿《そうじゆうかん》や計器類がついているので、離着陸時にどんな操作をすればい

四式基本練習機（通称：ユングマン）

いか分かる。

離陸後は高度三百メートルくらいまで上がり、飛行場のまわりを十分ほどかけて一周して着陸する。何度かくり返してコツを覚えると、生徒が前席、教官が後席に座って飛行し、安全に操縦できるようになると単独飛行が許可される。

練習機が少ないので飛行できる時間もかぎられているが、生徒たちはだいたい一カ月くらいで単独飛行ができるようになる。

やがて編隊飛行や宙返り、背面飛行を習得したり、福岡や日田《ひた》方面への練習飛行をするようになったが、もっとも気を使うのは着陸する時だった。

スピードを時速七十キロくらいまで落とし、二つの主輪と後ろの尾輪《びりん》で三点着地するのが理想だが、これがきわめて難しかった。

飛行機のスピードと揚力《ようりょく》は比例する。スピードを落とせば揚力も落ちるので、失速ぎりぎりで着陸させるのがコツだが、その感覚がなかなかつかめなかった。

スピードを出しすぎていると滑走路からオーバーランして前のめりに転倒する危険があるし、落としすぎると揚力を失って地面に落ち、バウンドしながらの着陸になる。

こうした失敗をすると、教官から「操縦上達棒」で思いきりケツを叩かれるが、郷治兼義だけは毎回地面に吸い付くような見事な着陸をして教官から絶賛された。

「どうしてあげな着陸ができるか、コツば教えてくれんですか」

ある夜、末吉初男は郷治の部屋をたずねて頼み込んだ。

「うーん、難しいな。ひとつ言えるのは着陸の時に計器に頼らないで、操縦桿に伝わる発動機の振動で速度が分かるようになることかな」

郷治が何でもなさそうに教えてくれた。

この頃には英語は敵性語だという理由で使用を禁じられている。エンジンは発動機、スピードは速度と言わなければならなかった。

翌日から末吉も計器に頼らず、操縦桿の振動に全神経を集中するようになった。すると体が機体と一体化した感じになり、エンジンの振動によってスピードが分かるようになったのだった。

そんなある日、急に教官室に呼び出された。何事だろうと思って足を運ぶと、祖父と父が地味な服装をして応接用の椅子に座っていた。

「面会に来て下さったのだ。さし入れまでいただいておる」

教官の机の上には、芋まんじゅうやおはぎを入れた竹の籠《かご》が置いてあった。

「初男、元気で頑張っとるごたるの」

祖父が歯の抜けた口でねぎらいの言葉をかけた。父は飛行服を着た教官たちの前で緊張し、背中を丸めて膝をすぼめていた。

本来なら田舎の言葉で礼を言うべきところである。だが教官の前で地をさらすのが恥ずかしく、

「お爺《じい》さま、父上さま、ご面会におこしいただき、かたじけのうございます」

直立不動の姿勢をして敬礼をした。

教官はそれを見て感じるところがあったのだろう。せっかく来ていただいたのだから

と、祖父と父をユングマンに乗せて飛んでくれた。

帰りに生徒隊の正門まで見送ると、

「良か経験ばさせてもろた。立派な教官で安心したよ」

父は小遣《こづか》い銭を入れた紙の袋を押しつけてそう言った。

末吉は駅に向かう二人の背中が見えなくなるまで見送った。

(爺《じ》っちゃん、父ちゃん、ありがとう)

さっきは言えなかった言葉を、心の中で何度もくり返した。

特攻隊で戦死すると四階級特進も

大刀洗陸軍飛行学校での訓練はわずか四カ月で、昭和十九年七月末には修了になった。

通常は一年のところを三分の一に短縮されているので、皆は陰で消耗品教育と呼んでいた。

とにかく飛べるようにして出撃させればいいのだから、最低限の教育で間に合わせよ

う。陸軍上層部のそんな姿勢が露骨に見えるからである。

戦況の悪化と物資の不足はそれほど深刻で、

「お前たちは三銭切手でいくらでも集まる。しかし飛行機は一機三万円もするのだから、命よりも大事にしろ」

そう言ってはばからぬ教官もいた。

修了式で、一番の生徒には航空総監賞の銀時計が与えられる。授与されたのは郷治兼義で、二番だった末吉初男には善行賞《ぜんこうしょう》が与えられた。

翌月には台湾の屏東《へいとう》飛行場に配属され、第八教育飛行隊に入って実戦の訓練を受けることになった。

各地の飛行学校から集められた百六十名ほどが二個小隊に分けられたが、その中に郷治の姿はなかった。他の飛行学校の者にたずねても、トップの生徒は来ていないという。

陸軍首脳は本土決戦にそなえて優秀な操縦士を温存しているという噂もあって、誰もが内心腹を立てずにはいられなかった。

末吉の小隊の教官は田形竹尾《たがたたけお》准尉《じゅんい》だった。福岡県八女《やめ》郡黒木町（現・八女市）の出身で、撃墜王と呼ばれた名パイロットだった。

後に田形が特攻の指導をするようになった頃の訓示で、忘れられない言葉がある。

「諸君がこの地に来たのは、国に命を捧げるためである。まだ年若い諸君は理不尽と思うかもしれぬ。しかしすべての軍人は、国を守るために命を落としても構わぬという覚悟と勇気、誇りと使命感を持っている。それが日本精神の華《はな》である武士道の真髄《しんずい》である。そうした精神を体現する機会を若くして与えられたことを、諸君は感謝すべきである。人は遅かれ早かれみんな死ぬ。その多くが老いや病《やまい》によるみじめな死だが、諸君の特攻はちがう」

田形の言葉は熱意と信念と愛情に満ちている。末吉らは全身でそれを感じ、話に引き込まれていった。

「諸君の特攻は、天皇陛下と祖国を守るためのものだ。そのために命を捧げる崇高な精神は、英霊として靖国《やすくに》神社に祀《まつ》られ、日本民族の精神の中に永遠に生きつづける。私はそうした確信をもって戦闘機に乗り、敵と戦いつづけてきた。明日からの訓練において、何よりそうした覚悟を身につけてもらいたい」

生徒たちを奮《ふる》い立たせたのは、田形が訓示した精神論ばかりではなかった。教育飛行隊に配属されると同時に、全員伍長《ごちょう》に昇進している。やがて特攻隊で戦死すれば、四階級特進の恩典にあずかり、少尉になれる可能性がある。戦死は原則一階級、手柄の戦死でも二階級の特進なのだから、これは特攻隊員だけに与えられた特権だった。

殉職の危機ととなり合わせの訓練

台湾の屏東飛行場に着いてから、本格的な空中戦の訓練が始まった。

末吉初男らが、大刀洗で乗っていたユングマンは最大時速百八十キロだったが、新たに乗ることになった九九式高等練習機は、時速三百五十キロと倍近くのスピードが出る。

これも複座なので、始めは教官が前座に乗って空中戦に必要な操縦法を教え、やがて後座に移って隊員の習得具合を確かめる。

そして問題なしとの判定を得たなら、単座（一人乗り）の九七式戦闘機に乗ることが許される。これは時速四百七十キロのスピードが出るので桁違《けたちが》いに速く感じられ、誰もがこれで敵と戦うのだという思いを強くしたのだった。

実戦においては、敵を攻撃したり敵の追撃をふり切るための急上昇や急旋回、急降下がひときわ重要である。そうした技はひと通りユングマンで学んできたものの、スピードが二倍以上になっているので、操縦の難しさは何倍にもはね上がった。

操縦桿をわずかに動かしただけで、機体はギュンという速さで旋回したり上昇したりする。それに感覚がついていけずに機体のバランスを崩し、墜落しそうになって肝《きも》を冷やすことが何度もあった。

それに加えて射撃訓練である。教官機が白い吹き流しをロープで引いて空を飛ぶ。末吉らは、その吹き流しを追いかけて百発ほど弾を撃つ。

練習生の銃弾は黒色、赤色、青色などに塗り分けられ、吹き流しの白布に痕跡《こんせき》を残すので、誰の弾が何発当たったか分かる。

中には百発のうち五発くらいしか当たらない者もいて、射撃上達棒や昼飯抜きの制裁を受ける。それを避けるためになるべく吹き流しに近付いて撃とうとすると、吹き流しを引っ張るロープに翼を引っかけ、教官機とからみ合って墜落する危険もあった。

また照準器で狙いをつけても、機体の角度がわずかでも変わると吹き流しではなく教官機に当たることもある。

そんな時には着陸した直後に教官が飛んできて、

「貴様、わしを殺す気か」

操縦席から引き出されて、往復ビンタの雨霰《あめあられ》である。

速成される末吉らも命懸けだが、教官もまた殉職の危険ととなり合わせなのだった。

昭和二十年になると、教育や訓練の内容ががらりと変わった。

「貴様ら、ここで空中戦の技を修得し、十機や二十機の敵を撃ち落としても、最期に自分がやられるようでは分《ぶ》が悪い。それなら敵の空母を道連れにした方がマシだと思わんか」

教官はいよいよ末吉らの任務が特攻であることを告げ、覚悟と決断をうながした。

特攻はすべて志願によるという説があるが、末吉らの場合はそうではなかった。厳しい教育と訓練によって、断れない立場に追い込まれていったのである。

空中戦の訓練は終了し、船に体当たりする特訓になった。

地面に設置した白いT字布板《ふばん》(長さ約十メートル、幅約八十センチ)を敵の空母に見たて、高度千五百メートルくらいから急降下して五百メートルくらいで機体を引き起こす。急降下は時速三百五十キロくらいのスピードで行うので、機体を起こす時には操縦桿にもの凄い重力がかかる。時速三百五十キロは秒速約百メートルなのだから、五百メートルの高さから地面に激突するまで五秒しかない計算になる。

初めは恐ろしくてスピードを出せないし、七、八百メートルの所で機体を起こす。すると教官から「貴様、真剣味が足らん」と叱責《しっせき》され、やり直しを命じられる。

そうして末吉初男らは特攻のコツを身につけていったが、中には機体を起こすタイミングが遅すぎたり、機体の故障で操縦桿を引いてもフラップが動かなかったりして、地面に激突する者もいた。

教室では艦影によって敵艦を見分ける要領や、空母や戦艦の弱点について教えられた。

「空母の弱点は、飛行機を船内の格納庫から甲板に上げるための昇降機《エレベーター》だ。そこを潰せば空母は使えん」

「戦艦、巡洋艦の弱点は機関部だ。艦橋《かんきょう》後部に当たるか、煙突の中に真っ逆さまに突っ込め」

教官が黒板に船の絵を書いて説明する。それを末吉たちは精密に手簿《しゅぼ》に書き写し、来《きた》るべき日に備えたのだった。

昭和二十年三月末、末吉らは台湾中部の北港《ほっこう》飛行場に移動を命じられ、「誠《まこと》一二一飛行隊」に配属された。これが特攻部隊だと告げられた訳ではないが、誰もがそうだと感じ取っていた。

ちなみに戦争の指揮をとる大本営は、その直前の三月二十日に天号《てんごう》作戦を発令し、「先《ま》ず航空兵力の大挙特攻々撃を以《もっ》て敵機動部隊に痛撃を加へ　次《つい》で来攻する敵船団を洋上及び水際に捕捉し　各種特攻兵力の集中攻撃により其《そ》の大部を撃破する」ように指示している。

各種特攻兵力の中には、ベニヤ板張りのボートに爆弾を積んで敵艦に体当たりする「震《しん》洋《よう》」も含まれていた。

それほど戦況は悪化し、日本本土に対する空襲も熾烈《しれつ》を極めていたが、台湾にいる末吉らにはそうしたことは一切知らされず、物資の不足は昭和十九年十二月に起こった東南海地震のためで、もうすぐ回復すると教えられた。

北港での待遇は驚くほど良かった。一日数回の急降下訓練を終えると、「花屋」という旅館に車で連れていかれ、上げ膳、据え膳のもてなしを受けた。

全員が十七、八の未成年者だが、「煙草《たばこ》は恩賜《おんし》の品、酒は『航空元気水』だから問題なし」と言われて、いくらでも支給された。

（死ぬ前に、最後のぜいたくばしておけということやろ）

末吉らの心境は複雑だったが、何も考えないことにして、およそ一カ月のぜいたくを満喫したのだった。

「無事生還を遺憾に思う」

昭和二十年四月二十八日の朝、末吉初男は部隊長から今日の夕方に出撃だと告げられ、台湾神宮の御神酒《おみき》をいただいた。特攻だとは告げられないままだが、これが別れの盃《さかずき》だとは分かっていた。

「明日は天長節《てんちょうせつ》である。陛下に大戦果をおとどけせよ」

言われた瞬間、耳がつんとなって部隊長の声が遠くに聞こえたものの、死ぬのが怖《こわ》いとか恐ろしいとはまったく思わなかった。

多くの仲間たちの出撃を見送ったせいか、「いよいよ俺の番が来たか。後《おく》れを取ってはなるまい」と、最後の覚悟を決めたのだった。

特攻隊は四機編成だった。壱岐村隊長の機は複座で、後ろには航法の専門員が乗っていた。

陸軍の飛行兵は地形を見ながら位置を確認して飛ぶ訓練を受けているので、洋上だと方向が分からない。しかも敵機の襲来をさけるために夜に飛ぶので、航法の専門家に進路の指図をしてもらう。

そうして隊長機が進路を決め、九七式戦闘機に乗った末吉ら三人が後をついて行くことになった。

出発は台湾北部の樹林口《じゆりんこう》飛行場からだった。四機は上官や同僚の見送りを受けて離陸し、夕闇におおわれた空を沖縄に向かった。

しばらくすると夜になり、あたりが完全な闇に閉ざされた。操縦席の計器がわずかな光を発しているだけで、百五十キロ爆弾を吊り下げた機体はいかにも重たげである。

九七式戦闘機

いつもとは振動の仕方がちがうので、どれくらいの速度か体で知ることはできない。少しでも機体を軽くするために機銃も弾倉《だんそう》もはずしているので、敵機に発見されたなら戦うこともできずに撃ち落とされるばかりである。

（これで本当に、急降下体当たりができるだろうか）

末吉がそんな不安を覚えた時、無線機がガーガーと鳴り始めた。

「我がエンジン不調、石垣に不時着する。全機着陸」

壱岐村隊長の命令だった。

航法の専門家がいなければ進路が分からないのだから従う他はなく、四機とも石垣島の白保《しらほ》飛行場に着陸することになった。

そこで百五十キロ爆弾を海に捨てて石垣島に向かったが、飛行場には照明がなく地面が見えない。隊長機に誘導されて上空を何度か旋回しているうちに、海岸に立つ白波がぼんやりと見えるようになった。

飛行場は海岸にそって南北に走っていると無線で教えられ、隊長機を先頭に一機ずつ着陸することにした。末吉は二番目に着陸したが、機体の高度や姿勢が目視《もくし》できない中で、大刀洗での三点着陸の訓練が活きた。

爆弾を捨てたので機体は調子を取りもどし、操縦桿にいつもの振動が伝わってくる。それで速度と高度の見当をつけてスロットルレバーを引くと、機体は徐々に減速してぴたりと着地したのだった。

◇　◇　◇

インタビューは三時間におよんだが、末吉初男氏は少しの疲れもみせず、誠実に説明してくれた。

「冷え込んできましたね。暖房ば入れましょうか」

我々のことを気遣い、奥さまにエアコンのスイッチを入れるように指示したほどである。

「石垣島に不時着してから、どうなさったんですか」

私は先のことを早く聞きたかった。

「石垣島に爆弾があるなら、それを装着して沖縄に向かおうと話していました。しかしアメリカは日本の特攻を防ぐために、海域周辺の飛行場に猛攻をかけてきたために、我々の飛行機も不時着した翌日にやられてしまいました」

移動手段を失った末吉氏たちは、昭和二十年六月中旬に台湾に向かう輸送機に乗り、台湾の北港にもどって司令部に報告に行った。

すると台湾神宮の御神酒で送り出してくれた部隊長は、心外そうな表情をして「無事生還を遺憾に思う」と言った。

「その時のことは今でも忘れんですね。飛行機だけ失って、おめおめと生きて帰るとは何事かと言いたかったんでしょう。それから台中に移動させられましたが、訓練も任務もないまま肩身の狭か思いばして過ごしました」

そして八月十五日の終戦となった。玉音《ぎょくおん》放送を聞くことはできなかったので、終戦と聞いて和平が成ったと解釈したという。

日本が負けるはずはないし、さりとて優勢なアメリカが降伏するはずがない。そこで引き分けということで話がついたのだろうと思っていたが、夕方になって日本が負けたと知らされたのだった。

「翌年の二月に、アメリカの輸送船に乗って広島県の大竹にもどりました。そして小倉《こくら》で汽車を乗り換え、懐かしい宇島《うのしま》駅に着いたのですが、再会できるとばかり思っていた家族は全員亡くなっていました」

末吉氏の家は福岡県岩屋村の岩岳川ぞいの山間部にあったが、昭和十九年九月十七日の大雨による土砂崩れによって家が流され、両親と弟、妹が亡くなっていた。

ところが士気に関わるという理由で、末吉氏には知らされなかったのである。

「ショックでしたね。国のために戦うのは、家族を守りたいと思うからじゃなかですか。それなのに家族みんなが死んでいて、軍がそれを隠していた。もう何もかもが嫌になり、特攻崩れと呼ばれるすさんだ暮らしをしていました。しかし三、四年たった頃に、家族が死んで自分が生き残ったのは、みんなが自分を助けてくれたのだと思うようになりました。だから一生懸命生きようと心を入れ替え、必死で働きました」

やがて自転車の販売や修理を行うようになり、結婚して二人の男子をさずかり、昭和四十三年（一九六八）には、宇島駅前に「豊前サイクルセンター」を開業することができたのだった。

前にも記したが、台湾の第八教育飛行隊で末吉初男氏の教官だった田形竹尾氏は、私の郷里である福岡県八女郡黒木町の出身で、何度か会ったことがある。

そのことを末吉氏に話すと、大変懐かしがられた。そこで東京にもどってから、田形氏が出演しているテレビ番組のＤＶＤを送ると、丁重《ていちょう》な礼状が届いた。

その中に次の一文がある。

〈扨《さ》て先日は貴重なＤＶＤを頂きまして本当に有難うございました。

何回も見直して昔を想い出しております。きびしかった田形教官殿の顔が今私の眼に写ります。何時《いつ》も茶色の眼鏡《めがね》を掛けて、厳格で又一方優しい方だった事等が次々に目に写ります。

ＤＶＤにあるように私ども特攻の生き残りは、之《これ》からの日本の平和の為《ため》に努力する使命を背負って頑張らねばと心新たに致しましたが、私にはもう其《そ》の時間がありません。今から生い立つ若者達に此《こ》の気持ちを少しでも伝えて死にたいと思います〉

末吉氏が他界したのは、それから四年後の令和二年（二〇二〇）四月七日だった。行年《こうねん》九十二である。

五カ月後の九月十一日、私は大刀洗平和記念館の方や本稿の連載を担当してくれた西日本新聞社の小川祥司氏とともに、福岡県豊前市にある末吉氏の自宅を訪ねて焼香《しょうこう》させてもらった。

仏壇に末吉氏の遺影が置かれている。

その前で手を合わせ、新聞連載が間に合わなかったことを詫《わ》び、いつの日か小説『不死鳥の翼』を完成させると誓った。

「亡くなる一月ほど前から食欲がのうなって、御飯が喉《のど》を通らんごととなったとです。それでも元気にしとったので、たいしたこつはなかじゃろと思っとりましたが、七日になって急に容態《ようだい》が悪うなりました。細胞ガンやったんです」

奥さまが気丈にその日の様子を語ってくれた。

折しも豊前市立埋蔵文化財センターで、末吉氏を追悼《ついとう》する『戦争の記憶展』が開かれ、戦時中の写真や資料など約六十点が展示されていた。

初めて見る資料も多く、末吉氏の人生に改めて思いを馳《は》せるきっかけになった。特に目を引かれたのは、遺骨代わりの髪と爪を入れた茶封筒である。

台湾に配属された直後に、形見として故郷《ふるさと》の役場にその茶封筒を送ったが、家族が亡くなったために役場に保管され、のちに末吉氏本人に渡されたものだ。

わら半紙のような封筒には宛名の郡市、町村、頭髪及爪、飛行兵などの文字が、ガリ版刷りの青インクで印刷され、手早く住所や名前が書き込めるようにしてある。

「お前たちは三銭切手でいくらでも集まる」

そう言われた少年飛行兵の特攻隊員たちは、同じく封筒一通で死を告げられることになっていたのである。

おわりに

四人の方々にインタビューをさせていただいたのは、『不死鳥の翼』と題する小説を書くためだった。

大刀洗平和記念館に立ち寄ったことがきっかけで、大刀洗飛行場に関する小説を書きたいという思いがわき上がり、その時に備えて準備を始めたのである。

それ以来、資料を集めたり関連書籍を読んだりするようになったが、他の仕事に追われて取りかかれないまま数年が過ぎた。

このまま日の目を見ないようでは、インタビューに応じていただいた方にも、仲介の労を取って下さった大刀洗平和記念館の方々にも申し訳がない。

そんな思いにさいなまれていた時、たまたま西日本新聞社の小川祥平氏と会う機会があった。そこで構想を説明し、『四人の証言―大刀洗飛行場物語』という形で連載させていただくことにした。インタビューの成果を記録にとどめておき、将来の小説執筆につなげたいと思ったのである。

四人の方々は、私の父とほぼ同じ世代である。父も二度軍に召集され、中国の南京市での戦いにも参加した経験があるが、そのことを家族の前では決して語ろうとしなかった。

そして私も父と正面から向き合おうとはせず、世代の断絶を埋めることができないまま死別の時を迎えてしまった。

その悔いがあるせいか、常に父のことを思いながら、四人の証言を聞かせていただいた。そして痛感したのは、戦争を経験した方々は今もその問題を抱えたまま生きておられるということだ。

若木に打ち込まれた斧の跡のようなもので、時がたったからといって傷と痛みが癒えることはなく、自分なりのやり方で日々をやり過ごしていくしかない。

夏目漱石は名作『こころ』の中で、親友Kを裏切った罪悪感を抱えながら生きている「先生」の姿を描いたが、四人の方々も戦後という時間を「先生」と同じような思いを抱えて生きてこられたのである。

今回の取材に関連し、アメリカのスミソニアン博物館を訪ねる機会をいただいた。ライト兄弟が初めて空を飛んだライトフライヤー号からスペースシャトルまで、歴史を彩ったありとあらゆる飛行機が展示してある。みんな本物だが、巨大な博物館の中ではおもちゃのように見える。

さすがだと思うのは、自国の飛行機だけでなく、各国の飛行機（主に戦闘機）が展示してあることだ。

広島に原爆を投下したエノラ・ゲイもあった。そして巨大な翼の下に組み敷くように、日本の零戦《れいせん》や紫電改《しでんかい》、飛龍《ひりゅう》、屠龍《とりゅう》などが置かれていた。それは自国の戦勝を誇示するかのようだった。

中でも、屠龍は翼をもがれ、機首の三十七ミリ機関砲もなく、さらし物のように置かれていた。

その時にはなぜこんなむごい扱いをするのか分からなかったが、表紙の帯の屠龍の雄姿

スミソニアン博物館の屠龍。翼はなく、B29の翼の下に置かれている

と引き比べて腑《ふ》に落ちることがある。

（これはB29を撃墜したことへの報復ではないか）

その判断の是非は読者諸賢にお任せするが、私には翼をもがれ武器を失《な》くした屠龍が、今の日本を象徴しているように思えてならない。

エノラ・ゲイを撮影しようとすると、係員に「ノー、ノー」と制止された。日本のマスコミに原爆投下を批判されることを懸念してのことである。

アメリカでは今でも、原爆投下は正しかったと考えている人たちが多いというが、そうした姿勢を改めなければ、将来、核兵器を使うことを阻止することはできないだろう。

執筆や連載にあたっては大刀洗平和記念館の方々と

西日本新聞社の小川祥平氏、本書にまとめる際にはＰＨＰ研究所の大山耕介氏に大変お世話になった。

また多くの文献を参考にさせていただいたが、主要なものは文中で紹介させていただいたので、参考文献として表記することは省略させていただきたい。

末筆ながら、お世話になったすべての方々に厚く御礼申し上げます。

大刀洗飛行場周辺地図

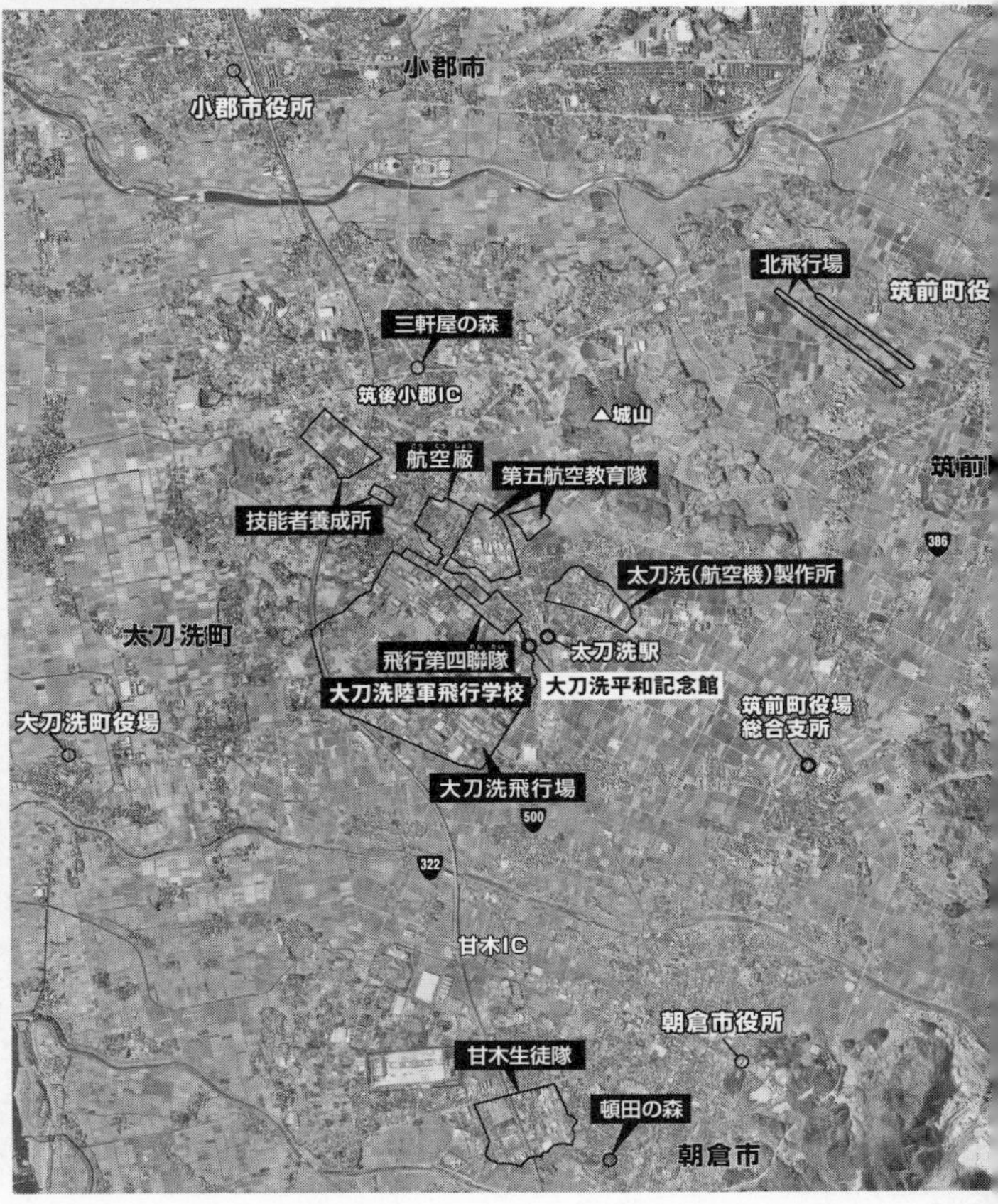

小郡市
小郡市役所
北飛行場
筑前町役
三軒屋の森
筑後小郡IC
▲城山
航空廠《こうくうしょう》
第五航空教育隊
筑前
技能者養成所
386
太刀洗(航空機)製作所
太刀洗町
太刀洗駅
飛行第四聯隊《れんたい》
大刀洗陸軍飛行学校
大刀洗平和記念館
大刀洗町役場
筑前町役場
総合支所
大刀洗飛行場
500
322
甘木IC
朝倉市役所
甘木生徒隊
頓田の森
朝倉市

〈写真提供〉
筑前町立大刀洗平和記念館
HPS　他

初出
本書は、「西日本新聞」二〇二〇年五月十九日～二〇二一年二月十七日の連載「四人の証言―大刀洗飛行場物語」に、加筆・修正したものです。

PHP新書
PHP INTERFACE
https://www.php.co.jp/

安部龍太郎［あべ・りゅうたろう］

1955年、福岡県八女市（旧・黒木町）生まれ。久留米工業高等専門学校機械工学科卒業。東京都大田区役所勤務、図書館司書として働きながら小説を執筆。90年、『血の日本史』で作家デビュー。2005年に『天馬、翔ける』で第11回中山義秀文学賞、13年に『等伯』で第148回直木賞、15年に福岡県文化賞、20年に京都府文化賞を受賞。著書に、『彷徨える帝』『関ヶ原連判状』『信長燃ゆ』『下天を謀る』『蒼き信長』『冬を待つ城』『維新の肖像』『宗麟の海』『迷宮の月』『太閤の城』『レオン氏郷』『家康』『信長はなぜ葬られたのか』など多数。

特攻隊員と大刀洗飛行場（PHP新書1266）

四人の証言

二〇二一年七月二十九日　第一版第一刷

著者――安部龍太郎
発行者――後藤淳一
発行所――株式会社PHP研究所
東京本部――〒135-8137 江東区豊洲5-6-52
第一制作部 ☎03-3520-9615（編集）
普及部 ☎03-3520-9630（販売）
京都本部――〒601-8411 京都市南区西九条北ノ内町11
組版――有限会社エヴリ・シンク
装幀者――芦澤泰偉＋児崎雅淑
印刷所
製本所――図書印刷株式会社

ISBN978-4-569-84983-6

ＰＨＰ新書刊行にあたって

「繁栄を通じて平和と幸福を」(PEACE and HAPPINESS through PROSPERITY)の願いのもと、ＰＨＰ研究所が創設されて今年で五十周年を迎えます。その歩みは、日本人が先の戦争を乗り越え、並々ならぬ努力を続けて、今日の繁栄を築き上げてきた軌跡に重なります。

しかし、平和で豊かな生活を手にした現在、多くの日本人は、自分が何のために生きているのか、どのように生きていきたいのかを、見失いつつあるように思われます。そして、その間にも、日本国内や世界のみならず地球規模での大きな変化が日々生起し、解決すべき問題となって私たちのもとに押し寄せてきます。

このような時代に人生の確かな価値を見出し、生きる喜びに満ちあふれた社会を実現するために、いま何が求められているのでしょうか。それは、先達が培ってきた知恵を紡ぎ直すこと、その上で自分たち一人一人がおかれた現実と進むべき未来について丹念に考えていくこと以外にはありません。

その営みは、単なる知識に終わらない深い思索へ、そしてよく生きるための哲学への旅でもあります。弊所が創設五十周年を迎えましたのを機に、ＰＨＰ新書を創刊し、この新たな旅を読者と共に歩んでいきたいと思っています。多くの読者の共感と支援を心よりお願いいたします。

一九九六年十月

ＰＨＰ研究所